MASAHIRO MIYAMOTO

WIE EIN STILLES MEER

AF160852

MASAHIRO
MIYAMOTO

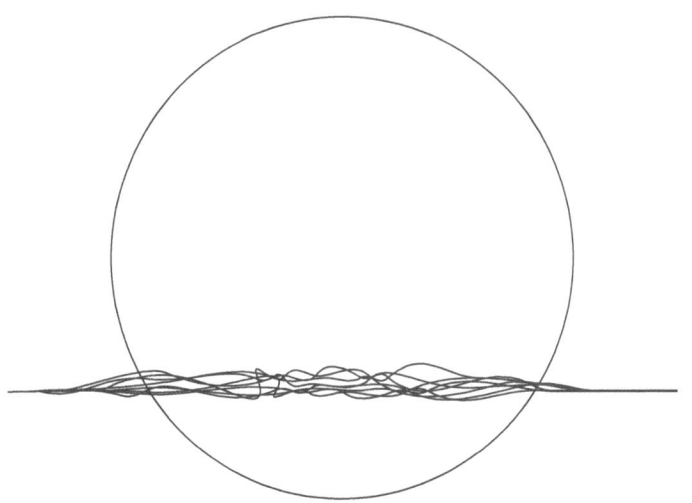

WIE EIN
STILLES
MEER

EDITION PREVIEW FIRST
KÖLN · NEW YORK · TOKIO

Bibliografische Information der Deutschen Nationalbibliothek:
Die Deutsche Nationalbibliothek verzeichnet diese Publikation in der Deutschen Nationalbibliografie; detaillierte bibliografische Daten sind im Internet über http://dnb.dnb.de abrufbar.
© 2013 by Masahiro Miyamoto
Layout, Grafik und Satz:
Marcellus M. Menke, Creativity Cologne, Köln

Herstellung und Verlag:
BoD – Books on Demand, Norderstedt
ISBN: 978-3-7322-8243-2

Inhalt

Blut 11

Aufwachen 19

Blütenblätter 27

Stapel 31

Wind 43

Auftrag 49

Öffentlichkeit 59

Bildersturm 73

Hagel 87

Richteraugen 95

Bibliothek 105

Asche 123

Epilog 131

Masahiro Miyamoto wurde 1970 in Düsseldorf als Kind deutsch-japanischer Eltern geboren. Er hat in Köln und Heidelberg Germanistik, Philosophie und Kunstgeschichte studiert. Er lebt in Köln und arbeitet als Werbetexter und Kommunikationsberater für Unternehmen aus dem Pharma- und Live-Science Bereich. „Aus einer gewissen Art von Traurigkeit" ist sein erster Roman.

Für Misaki und Hiroki

*Das, was nicht da ist, ist das, was
Jeder mit Allen gemeinsam hat.*

Blut

Die alte Weide hinter dem Haus hatte ihre Blätter bereits verloren. Das Wasser im See war dunkel, wie immer. Ab und zu trug der Wind den brackigen Geruch zur Terrasse herüber. Nein, dachte Yoshiko, so kann das doch nicht sein, so nicht. Das war einfach zu klischeehaft, nicht mehr als ein schäbiges Abziehbild einer viel zu oft und schlecht gemalten Szene. Das konnte nicht sein.

Sie stand auf, wollte das Bild abschütteln, sich von dem Gesehenen frei machen. Aber das Bild wollte nicht verschwinden. Das helle Rot des Blutes auf den frisch geschrubbten Dielen. Es gehörte nicht da hin. Es war ein so massiver Einbruch in ihre so mühsam geordnete Welt, so ungeheuerlich. Da half kein Wegschauen.

So wie früher hatte es sein sollen, so wie es eigentlich immer sein sollte, so wie sie es sich wünschte. Aber das war nicht möglich, das wusste sie. Man konnte nicht in Tokio leben, die Woche über und oft auch an den Samstagen und dann gleichzeitig hier draußen alles so haben wie früher. Das ging nicht, sie wusste das, hatte es bis zu einem gewissen Grade auch akzeptiert, wenn auch nie ganz. Aber gerade heute, heute hatte es endlich wieder einmal so sein sollen, richtig so wie früher.

Sie war schon sehr zeitig aufgestanden. Im Dorf unten konnte man nicht mehr einkaufen. Die alte Yuna hatte ihren Laden bereits vor einigen Jahren aufgegeben und auch Moe gab es nicht mehr. Niemand hatte versucht Nachfolger zu finden. Das Geschäft lohnte sich hier einfach nicht mehr. Man musste deshalb einige Kilometer fahren, nicht einmal wirklich weit, aber bei der schlechten Straße dauerte das meist eine gute halbe Stunde, manchmal auch länger. Doch dann gab es alles. Selbst die Fischkonserven mit den kleinen roten Etiketten gab es noch, die, die sie aus ihrer Kindheit kannte und die es in Tokio nicht gab.

Der Gedanke an die roten Etikette auf den Fischkonserven ließ sie wieder an das Blut auf den Dielen denken. Warum war das passiert? Gab es einen Grund?

Ihre Mutter hätte gesagt, dass es immer einen Grund gab. Aber Yoshiko sträubte sich dagegen, wie ihre Mutter zu denken. Sie wollte nicht ewig grübeln, wollte nicht, dass die Gedanken sich im Kreis jagten, bis sie schließlich ganz außer Atem waren und erschöpft zusammenbrachen. Sie hatte sich vorgenommen nicht die selben Fehler zu machen wie ihre Mutter. Immer suchte die hinter allem was passierte einen Grund, setzte alles zu sich in Beziehung. Und letztendlich lief es dann fast immer drauf hinaus, dass sie bei sich selbst die Schuld sah. Yoshiko wollte das nicht. Man war nicht für alles verantwortlich. Es gab Sachen, die passierten einfach.

Und trotzdem konnte sie es nicht lassen: Vielleicht wäre nichts passiert, wenn sie da geblieben wäre, heute morgen. Das war natürlich ein unsinniger Gedanke. Es war unsinnig, ihr eigenes Handeln mit allen anderen Geschehnissen in Verbindung zu bringen. Sie war verantwortlich für das was sie tat, ja, aber doch nicht für alles was geschah. Die Menge der Ereignisse, auf deren Fortgang man Einfluss hatte, war eine endlich begrenzte. Sie hämmerte sich das in den Kopf. Warum liefen die Gedanken immer im Kreis?

Sie wurde gerufen. Sie sollte noch einmal herunterkommen.

Seit fast vier Stunden war die Polizei unten in der Küche zugange. Die Polizisten sprachen laut. Ein paar mal hatte sie das Wort *Fremdverschulden* gehört. Manchmal hatte Yoshiko den Eindruck, dass sie sich stritten. Die Männer entsprachen in keine Weise der Vorstellung, die sie von Polizisten hatte. Doch das konnte auch durchaus an ihr liegen. Bisher hatte sie in ihrem Leben ja nur Verkehrspolizisten kennen gelernt und das auch nur zwei oder drei Mal.

Sie schaute sich unsicher um. Der vertraute Raum schien so fremd. Die aufgestellten Scheinwerfer tauchten die alten Möbel in ein grelles kaltes Licht. Das leise Surren der Videokamera, das Verschlussgeräusch der Fotoapparate, das alles verwirrte Yoshiko immer mehr. Gleich zwei Fotografen waren damit beschäftigt jeden Quadratzentimeter abzulichten. Schubladen und Schranktüren waren offen. Alles durchsucht. Nach was suchten die, fragte Yoshiko sich.

Es war doch ganz klar: Er hatte das Messer vom Tisch genommen. Es hatte noch da gelegen, von den eingelegten Weinblättern, die sie für das Sushi geschnitten hatte, gestern. Es war doch wirklich ganz klar, dass er das Messer vom Tisch genommen hatte. Woher denn sonst. Es war das alte Küchenmesser und es hatte da gelegen. Als sie in die Küche kam, nach dem Einkaufen, bepackt mit drei Tüten und der schweren Tasche, da waren alle Schubladen und Türen zu. Das Küchenmesser vom Tisch war das einzige große und wirklich scharfe Messer, das es hier gab, und er hatte es genommen und sich die Pulsadern aufgeschnitten. Daran gab es nun doch wirklich nichts zu deuteln. Man musste doch nur die Augen aufmachen, um zu sehen was passiert war. Yoshiko verstand die Polizisten nicht.

Zugegeben, das war nicht die übliche Art von Selbstmord für einen Mann, aber Takumi war auch kein gewöhnlicher Mann. Nein. Er war ganz und gar außergewöhnlich, in allen Bereichen. Wenn er zu ihr gesagt hatte: „Du bist eine hübsche Frau", zum Beispiel stand sie unter der Dusche und er kam zu ihr ins Bad, scheu wie ein junges Reh, dann hatte sie immer gesagt: „Du auch". Er hatte gelacht, dann, und ihr mit seinen weichen Lippen eine großen feuchten Kuss gegeben, wie ein Baby, so einen richtigen Wonnekuss. Und er war ein bisschen rot geworden dabei, und selbst wenn er sie lange küsste, konnte der Kuss nicht vollständig die Verlegenheit verdecken, die das Kompliment bei ihm auslöste.

Mit einer zögernden Bewegung gingen Yoshikos Finger unwillkürlich zu ihren Lippen, so als wollten sie schnell überprüfen, ob noch etwas zu spüren war, von der Erinnerung an seine Küsse. Seine Küsse waren wunderbar.

Der Kommissar schaute Yoshiko irritiert an. Er konnte die Geste nicht deuten. Dann blickte er zu seinem Kollegen: „Die steht noch immer unter Schock."

„Wir brauchen unbedingt einen Anhaltspunkt", meinte der Kollege leise.

„Aber Fremdverschulden ist doch auszuschließen", gab der Kommissar ebenso leise zurück, auch wenn er sich durchaus bewusst schien, dass Yoshiko ihn verstand.

Der Angesprochene schüttelte unwillig den Kopf: „Das glaube ich nicht, das kann ich einfach nicht glauben. Das passt doch nicht. Nein!" Er wurde lauter. Yoshiko wunderte sich über den Umgangston der zwischen den beiden herrschte.

Sie musste noch einmal alles erzählen. Den Einkauf, wie sie nach Hause gekommen war. Wie sie nach Takumi schon im Flur gerufen hatte, wie sie dann, voll beladen mit den Einkaufstaschen in die Küche gekommen war, und wie sie ihn da liegen gesehen hatte. Die aufgeschnittenen Pulsadern, das Blut und ihr Schrei. Sie merkte es jetzt noch beim Sprechen, dass sie sehr laut geschrien hatte. Ihr Kehlkopf tat ihr weh, immer noch.

Sie konnte nicht mehr, sie hatte es doch schon so oft erzählt. Sie hatte es am Telefon erzählt, der Frau, die immer wieder gefragt hatte, von wo sie denn anrufe.

Offensichtlich verstand die den Ortsnamen nicht. Und Yoshiko hatte sie gebeten auf der Karte nachzuschauen, sie mussten doch eine Karte haben in der Notrufzentrale, und sie hatte ihr den ganzen Weg beschrieben. Und schließlich hatte die Frau endlich verstanden wo Yoshiko war und was passiert war. Das hatte alles fürchterlich lange gedauert und Yoshiko hatte alles drei oder viermal erzählt, immer wieder. Das wurde doch sicherlich aufgezeichnet, so ein Anruf. Warum hörten die sich denn nicht einfach die Aufnahme an? Sie hatte es auch den Rettungssanitätern erzählt, die als erste gekommen waren, obwohl doch nichts mehr zu machen war. Und das wusste sie ja auch. Sie war ja nicht blöd. Sie sah doch, dass er tot war. Und trotzdem hatte sie den Sanitätern noch einmal erzählt, wie es passiert war. Warum fragte man nicht die Sanitäter? Und dann die Videokamera des Kommissars, war die nicht die ganze Zeit auf sie gerichtet? Konnte er sich denn nicht einfach das Band anschauen? Da war doch alles drauf. Warum sollte sie denn noch einmal alles erzählen. Sie konnte doch nicht ändern was passiert war.

Sie hatte Angst, dass sie zusammenbrechen würde. Ihr wurde schwindelig, nur einen kleinen Moment, sie wollt gerade sagen, dass ihr schwindelig würde, aber dann war es schon vorbei und sie lächelt nur verlegen. Ihr Gegenüber hatte wohl nichts gemerkt. Also sagte sie auch nichts. Als der Kommissar in seinem Notizblock blätterte, um nach etwas zu suchen, was noch zu fragen wäre, hatte sie das Gefühl, dass einfach ein Stück von dem Eindruck, den die Welt um sie herum auf sie machte, verschwunden war. Es waren da in dem Gespräch mit dem Kommissar einige Minuten, von denen sie keine Erinnerung hatte. Sie spürte seinen Blick und hatte Angst, dass er danach fragte. Er tat es aber nicht.

Aufwachen

Yoshiko saß jetzt oft stundenlang regungslos in ihrem Zimmer. Dann schaute sie irgendwann auf die Uhr und stellte fest, dass es bereits sechs oder sieben Uhr abends war. Manchmal telefonierte sie mit ihrer Schwester oder ihrem Bruder und obwohl sie beide sehr mochte, konnte sie eigentlich über nichts mit ihnen sprechen. Ihr fiel einfach nichts ein. Die Sonne ging morgens auf und abends unter, aber es war nichts passiert; es gab nichts zu sagen. Und wenn sie das Schweigen, das in ihr war, nicht mehr ertragen konnte, dann brüllte sie. Manchmal passierte das schon bevor sie den Hörer mit leisem Klicken auf das flache Tischgerät legte. Nach einer oder zwei Stunden, manchmal auch früher, rief sie dann wieder an um sich zu entschuldigen. Das wurden dann stundenlange Telefonate, oft bis tief in die Nacht und am Ende wusste sie doch nicht was sie gesagt hatte.

Eigentlich musste sie für die Prüfung lernen. Über ihrem Schreibtisch hing ein Kalender. Eine Empfehlung aus dem Zeitmanagementseminar, das sie besucht hatte; ein großer Wandkalender, ein Übersichtsplan. Doch die kleinen roten, grünen und gelben Punkte auf dem Kalender konnten das unnütze Verrinnen der Zeit auch nicht aufhalten. Niemand machte ihr Vorwürfe, dass sie die Prüfung um ein Semester verschoben hatte. Ihre Schwester nicht und auch ihr Bruder nicht, den sie in solchen Sachen immer als strenger erlebt hatte. Auch die wenigen Kommilitoninnen, zu denen sie etwas engeren Kontakt hatte, fanden es ganz normal, dass sie sich mehr Zeit für die Prüfung nahm. Doch das half alles nichts. Sie hatte immer noch zu wenig Zeit. Es war einfach zu viel Stoff. Vielleicht lag es auch daran, dass sie alles zu genau machte. Aber sie konnte nur so arbeiten. Und außerdem konnte sie in Tokio nicht lernen. Das ging einfach nicht. Aber in Tamatsokuricho konnte sie auch nicht sein.

Sie hatte sich nach dem Unfall – so nannte sie Takumi's Selbstmord – vorgenommen, mindestens einmal im Monat nach Tamatsokuricho zum Haus am See zu fahren, um dort nach dem Rechten zu sehen. Und das tat sie auch. Sie war erstaunt, wie wenig, nach dem Verklingen des ersten Schocks, sich für sie dort geändert hatte. Es war ihr Zuhause und nur hier fühlte sie sich wohl. Die Erinnerung an das Grausame schob sie, wenn sie denn doch einmal hoch kam, beiseite.

Sie hatte nur eine einzige Nacht mit Takumi hier verbracht. Sie war sehr aufgeregt gewesen. Sie waren zwar schon zwei Jahre zusammen, aber es war das erste mal, dass er da mit ihr war, wo sie wirklich zuhause war. Es war der Ort, wo sie mit Mutter und Vater zusammen gewesen war. Hier musste sie mit ihm sein. Erst dadurch wurde er wirklich ein Teil ihres Lebens. Sie wollte das Schöne, die schwirrende Lebendigkeit der Erregung, die sie damals erfüllt hatte, nicht vergessen. Sie wollte das nicht zudecken lassen von dem Grausamen, das so abrupt das zarte Schwingen ihres sich endlich wieder stabilisierenden Lebensgefühls hatte erstarren lassen.

Der Gedanke an den Morgen an dem er sich umgebracht hatte, machte sie immer noch zittern. Aber sie ignorierte das. Und es hatte auch nichts mit dem Ort zu tun. Es konnte in ihrer kleinen Wohnung in Tokio genauso passieren wie in Tamatsokuricho. Es kam über sie wie ein kalter Windzug, so als wenn irgendwer im Winter ein Fenster aufgelassen hatte, versehentlich, und ein Windstoß kam herein, und bis man zum Fenster kam um es zu schließen, war es schon so kalt im Raum, dass man zitterte. Manchmal hatte sie Angst, dass sie sich bei diesen Zuckungen, die sie so plötzlich überkamen, verletzen könnte. Sie war auch schon einmal mit dem Kopf vor die Kante des kleinen Beistellschranks gestoßen, der neben dem Bett stand, denn oft passierte es vor dem Einschlafen. Aber es war nur eine leichte Verletzung und im Spiegel hatte sie gesehen, dass es nicht viel mehr als eine kleine Beule war. Halb so schlimm, dachte sie. Trotzdem war sie erschrocken, als sie am anderen Morgen sah, wie einige geplatzte Blutgefäße unter der Haut sich blau verfärbt hatten.

Es war richtig, dass sie wie gewohnt weiter zur Universität gegangen war. Es gab sowieso nicht mehr viele Veranstaltungen, die sie besuchen musste. Die Stelle am Institut, wo sie als studentische Hilfskraft einige Stunden in der Woche arbeitete, hatte sie gekündigt.

Der Vertrag wäre ohnehin zum Ende des Semesters ausgelaufen, es ging also eigentlich nur noch um ein paar Wochen. Aber sie konnte sich nicht vorstellen, in dem kleinen Büro mit jemand anderen zusammenzuarbeiten als mit Takumi. Sie war erschrocken, wie schnell Takumi hier vergessen wurde. Er war für sie am Institut die zentrale Person gewesen. Er hatte die neuen Ideen, durch die das Institut erfolgreich war. Die von ihm getragenen Forschungsprojekte machten die vom Institut organisierten Tagungen zu auch international wahrgenommenen Ereignissen. Er war immer freundlich und setzte sich für alle ein. Man konnte immer zu ihm kommen, mit jeder Frage. Er hatte eine menschliche Wärme, die sie so noch nie bei jemandem erlebt hatte. Er war einmalig. Deshalb hatte sie sich in ihn verliebt. Sie wusste, dass das ein Tabu war, sich in einen Professor zu verlieben. Und ihr war es wichtig, dass niemand etwas von ihrer Beziehung wusste. Sie beide hatten das stets sehr sorgfältig geheim gehalten, auch wenn das alles andere als einfach war. Schließlich waren sie täglich im gleichen Büro.

Yoshiko schaute in die obere Schublade ihres Schreibtisches. Ja, dort lag er noch, der Briefumschlag mit dem Schlüssel. Am Tag nach dem Selbstmord war sie mit der Polizei und Takumis Vater, den sie bei diesem Anlass zum ersten mal kennen gelernt hatte, in Takumis Wohnung gewesen. Und obwohl sie noch wie betäubt von dem Schock war und sich nur mühsam gegen die professionelle Kälte des routinierten Fragenkatalogs der

Polizei zur Wehr setzen konnte, hatte sie doch die stille Empfindsamkeit dieses vom hohen Alter gezeichneten Mannes bemerkt. Die Wohnung gehörte ihm, genauer gesagt seiner verstorbenen Frau und er wollte sie nicht wieder vermieten. Es war die Wohnung seines Sohnes und das sollte sie bleiben, zumindest so lange er noch da war. Wer wusste schon, wie lange das noch war. Und sie, Yoshiko, sollte den Schlüssel behalten, den sie von der Wohnung hatte.

Die Polizisten waren in der Wohnung von Takumi bei weitem nicht so intensiv vorgegangen wie in Tamatsokuricho und so war es für Yoshiko und Takumis Vater nicht so viel Arbeit, die Wohnung wieder in den ursprünglichen Zustand zurückzuversetzen.

„Bitte kommen sie immer hierher, wenn ihnen danach ist", hatte Takumis Vater zu ihr gesagt, „es beruhigt mich, wenn ich weiß, dass ab und zu jemand in der Wohnung ist, jemand der Takumi nahe ist." Sie war zu schwach gewesen irgendwie darauf zu reagieren und er hatte ihr den Briefumschlag mit dem Schlüssel, den sie ihm hatte zurückgeben wollen, wieder in die Hand gedrückt.

Yoshiko stand auf, ging ins Bad und schminkte sich. Sie zog ihr rotes Kleid an. Es war Frühling und schon so warm, dass man ein Kleid gut tragen konnte. Sie wollte nach etwas suchen in der Wohnung. Als sie vor der Eingangstür der Etagenwohnung stand, zögerte sie. Sie zog dann die Schuhe doch aus, wollte sie aber nicht vor der Tür stehen lassen, sondern stellte sie in der Wohnung vor den Wandschrank auf ein Stück Zeitung, das sie vorsorglich mitgenommen hatte. Dann erst schloss sie die Tür. Sie ging in das kleine Wohnzimmer und setzte sich auf das Sofa. Eine ganze Weile saß sie so da. Sie versuchte Takumi zu spüren. Aber es gelang ihr nicht. Er war weit weg, sehr weit. Wusste sie noch wer er war?

Es hätte ihr geholfen, wenn sie hätte weinen können. Aber es kamen keine Tränen, auch wenn sie sich so fühlte.

Sie ging an das Regal, glitt mit den Kuppen ihrer Finger über die Buchrücken. Manchmal zog sie eines der Bücher heraus, blätterte etwas darin und stellte es dann wieder zurück. In diesen Büchern hatte Takumi gelesen. Er hatte sie berührt, so wie sie jetzt. Sie wünschte sich, ihn noch einmal berühren zu können. Seine weiche Haut mit ihren Fingern zu liebkosen. Sie fragte sich, ob man in jemanden verliebt sein konnte, der tot war.

Plötzlich schellte das Telefon. Sie zuckte zusammen. Nein, es war nicht ihr Handy, es war das Telefon auf dem Sideboard. Hatte Takumis Vater den Anschluss noch nicht gekündigt? Sie zählte die Klingeltöne. Nach dem dritten Schellen schaltete sich der Anrufbeantworter ein. „Zur Zeit ist niemand erreichbar" hörte sie die synthetische Stimme mit der Standartansage, bassbetont und etwas näselnd. Wie oft hatte sie diese Ansage gehört wenn sie bei Takumi angerufen hatte. Er hatte immer den Anrufbeantworter an. Manchmal ging er erst dran, wenn die Ansage durchgelaufen war, er kam gerade aus der Dusche oder stand in der Küche und briet die kleinen Tofubällchen, die er so liebte. „Hi, ich bin's", für einen Augenblick erwartete sie fast seine Stimme zu hören. Nach dem Signalton hörte sie die Anruferin, eine plärrende Frauenstimme, eine Amerikanerin offensichtlich, die aber ganz gut Japanisch sprach. Trotzdem verstand sie sie nicht richtig. Nur den Namen der Bar verstand sie.

Yoshiko zuckte zusammen und sackte tiefer in das Sofa.

Blütenblätter

Langsam wurde Yoshiko klar, dass Takumi noch ein anderes Leben gehabt haben musste. Sie hatte nie in seine Schränke geschaut. Die T-Schirts und die Jeans, die fein gerippten Pullover, auch das graue Jackett und den weißen Kittel für das Labor, das kannte sie. Doch die westliche Abendgarderobe, der Smoking und die Lackschuhe, das war ihr fremd. Wie ein Kostüm hingen sie da, diese Kleidungsstücke. Aber sie waren in seiner Größe, auch der lange Mantel mit dem Pelzbesatz.

Dann der weinrote Kalender aus der Schreibtischschublade und die vielen mit seiner akkuraten Schrift sorgfältig, fast wie gezeichnet aufgeschriebenen Telefonnummern und Termine. Ganz hinten hatte er gelegen in der Schublade, der Kalender, hochkant zwischen zwei Streifen gemusterten Papiers. Das Papier hatte sie ihm einmal geschenkt, ein Muster aus kleinen Drachen, Glücksdrachen. Er mochte solche Muster.

Das Papier war ihr vertraut, der Kalender nicht. Er hatte doch immer einen dieser elektronischen Kästchen benutzt, ihn stündlich mit dem Bürorechner abgeglichen und auch sonst keine der technischen Spielereien ausgelassen. Eine Zeit lang hatte er sogar eine Armbanduhr gehabt, die über irgendeine dieser Funkschnittstellen die SMS von seinem Handy empfing und als Laufschrift auf einem bläulichen Display anzeigte. Sie versuchte sich Takumi vorzustellen, wie er da stand und in diesem weinroten Kalender blätterte. Es gelang ihr nicht.

Der Kalender hatte etwas Ungewöhnliches. Er erschien ihr wie ein Artefakt aus einer anderen Welt. Etwas, dass man in einen Schlitz schieben musste und dann sprang eine verborgene Tür auf. Sie wusste nicht, warum ihr dieser Gedanken kam.

Hinter den Terminen standen ihr unverständliche Abkürzungen. Es konnten Abkürzungen sein, von Namen vielleicht oder von Orten. Teilweise waren die Schriftzeichen durchmischt mit lateinischen und kyrillischen Buchstaben. Manchmal standen die Buchstaben mitten in einem Zeichen, manchmal waren sie auch wie eine Fußnote oder ein Index an das Zeichen gehängt.

Als sie wieder in ihrer Wohnung war, setzte Yoshiko sich an den Schreibtisch, nahm einen großen Bogen, den sie sich eigentlich zum Zeichnen gekauft hatte und schrieb auf, was sie von Takumis anderem Leben wusste. Sie ließ den Bogen auf dem Schreibtisch liegen.

Einige Stunden später, sie hatte Tee gemacht und wollte eigentlich nur einen Stift holen, fiel ihr Blick auf den Bogen, den sie schon vergessen hatte und es kam ihr für einen Moment vor, als hätte Takumi die Zeichen geschrieben. Zuerst erschreckte sie diese Vorstellung. Doch dann fühlte sie, durch seine von ihr geschriebenen Zeichen, die Ferne die zwischen ihnen lag etwas verkürzt und das beruhigte sie. Er war noch da.

Sie hatte einige Blütenblätter gesammelt, als sie von Takumis Wohnung gekommen war, am frühen Morgen. Sie war an einem Haus vorbeigekommen, dessen Tür mit Girlanden geschmückt war. Auf der Treppe vor der Tür hatten Blütenblätter gelegen, eine ganze Menge und sie hatte einige aufgenommen. Sie hatte an den Blättern gerochen und sich gewünscht, dass sie nach dem Parfüm duften würden, das Takumi immer benutzt hatte, doch das war nicht so. Trotzdem hatte sie einige Blätter mitgenommen.

Sie faltete den beschriebenen Bogen zusammen, legte die Blütenblätter dazu und schob den Bogen hinter eine Buchreihe auf dem kleinen Regal, das über ihrem Schreibtisch hing. Dann nahm sie den Kalender und blätterte in ihm. Sie tat so als könne sie lesen was da stand. Das tat sie eine Zeit lang fast jeden Abend. Ein oder zwei Stunden saß sie da mit dem Kalender und blätterte einfach so in ihm. Dabei prägte sie sich die Zeichen und deren Anordnung ein. Nach einiger Zeit konnte sie ganze Seiten aus dem Kalender nachzeichnen. Aber sie verstand nichts von dem was sie da schrieb. Es war ihr auch nicht mehr wichtig es zu verstehen. Sie wollte einfach nur Takumis Zeichen schreiben. Das tat ihr gut. Es war nicht schlimm, dass sie die Bedeutung nicht erkennen konnte. Musste alles einen Sinn ergeben? Sie fand nein.

Stapel

Yoshiko stand schon eine ganze Weile am Straßenrand. Sie wartete auf den bestellten Wagen. Das Taxi verspätete sich. Yoshiko fröstelte etwas. Um zu dieser Jahreszeit in Tokio lange draußen zu stehen, war das Kleid doch nicht warm genug. Aber einen Mantel wollte sie nicht überziehen. Hätte sie bequemere Schuhe getragen, sie wäre ein paar Schritte umher gegangen, so aber blieb sie an der vereinbarten Stelle am Straßenrand stehen.

Bereits seit drei Monaten fuhr sie jetzt jeden Abend, immer einige Stunden vor Sonnenuntergang, mit einem Taxi zu der Bar, deren Name die Amerikanerin auf Takumis Anrufbeantworter gesprochen hatte. Sie trug stets ein rotes Kleid, das war ihr Markenzeichen, so wie Takumis Markenzeichen der Pelzbesatz am Mantel gewesen war. Sie erkundete sein anderes Leben.

In den meisten Sachen war sie sich immer noch sehr unsicher. Es fehlten ihr so viele Einzelheiten. Wahrscheinlich kannte sie nur dreißig oder vierzig Prozent von dem, was sie Takumis anderes Leben nannte, vielleicht auch weniger; zumindest kam es ihr so vor. Auf dem Bogen, der auf dem Regal über ihrem Schreibtisch hinter den Büchern lag, war immer noch sehr viel Platz, trotz ihrer Recherchen.

Aber sie war in einigen Punkten auch ein gutes Stück weit gekommen. Nur manchmal dachte sie daran, wie riskant das war, was sie da tat. Und wenn sie wieder das flaue Drücken emporkommen fühlte, das sie hatte, als sie das erste mal mit dem weinroten Kalender in der Tasche in der Bar war, dann biss sie sich auf die Lippe und tat so, als könne sie es ignorieren. Aber sie konnte es nicht.

Tagsüber saß sie vor dem Computerbildschirm, versucht eine E-Mail an eine Kommilitonin zu schreiben und merkte vielleicht erst nach zwei oder drei Stunden, manchmal auch noch später, dass sie nur da gesessen und die ganze Zeit an den Fingernägeln gekaut hatte. Sie war nervös und verspannt. Die Verspannung spürte sie besonders im Rücken. Der Arzt hatte ihr zur Linderung Massagen verschrieben, aber das half nicht wirklich; eher schon die Gymnastik, die Takumi ihr einmal gezeigt hatte. Sie lag auf dem Rücken, die Beine angewinkelt, so als säße sie auf einem umgefallenen Stuhl. Sie streckte dann die Arme zu den Knien hin und spannte die Bauchmuskeln an. Manchmal hatte sie dabei Tränen in den Augen. Das kam vom Schmerz, von den verspannten Muskeln, sagte sie sich. Doch eigentlich wusste sie, dass das nicht stimmte. Die Tränen galten Takumi, der Erinnerung an ihn. Alle ihre Tränen galten ihm. Vielleicht nicht einmal wirklich ihm, sondern der Tatsache, dass sie ihn verloren hatte. Aber das war schon wieder eine der vielen kleinen

Spitzfindigkeiten, die nicht stimmten und die zu denken sie doch nicht unterlassen konnte.

Warum war das mit Takumi passiert? Sie fragte sich das so. Sie traute sich nicht zu fragen, warum er das getan hatte. Diese Frage blendete sie aus.

Sie vermisste ihn sehr. Er war doch ein so guter Mensch gewesen. Sie versuchte an sein Lächeln zu denken, seinen scheuen Blick und seine sanfte Art sie zu berühren. Sie schloss die Augen und atmete tief ein. Sie würde ihn nie wieder spüren, nie wieder seine Stimme hören. Sie wollte nicht, dass ihr das bewusst wurde, aber, wenn sie versuchte ihn sich zu vergegenwärtigen, kamen auch immer diese Gedanken, sie waren wie verflochten mit der Vorstellung an ihn und sie sah wieder das Blut und hörte die Geräusche der Kameras.

Sie öffnete die Augen und sah, dass das Taxi da war. Hatte der Wagen schon länger da gestanden? Sie lächelte den Fahrer an, verlegen, und der war durch dies Lächeln mehr irritiert, als wenn Yoshiko ihrem Ärger über seine Verspätung Luft gemacht hätte. Yoshiko setzte sich auf die Rückbank und spielte, ihre Nervosität unterdrückend, mit der Kette ihrer Handtasche. Der Wagen fuhr schnell, trotz des dichten Verkehrs.

Sie hatte Angst Takumi ganz zu verlieren, auch die Erinnerung, die sie von ihm hatte. Eigentlich suchte sie beständig nach Spuren von ihm. Aber meist suchte sie in seinem anderen Leben, suchte die Spuren von einem Takumi, den sie nicht kannte. War das gut? Wurde sie dem Takumi, den sie kannte nicht dadurch immer ferner? Sie hatte Angst davor. Selbst wenn sie in seiner Wohnung war, und ihn zu erspüren versuchte, gelang das nicht. Es entstand da ein Phantom, eine Person, die sich von dem, was in ihrer Erinnerung von Takumi war, absetzte, es überlagerte und zu ersetzten drohte. Wie konnte sie das verhindern? Sollte sie aufhören Undercover-Agentin zu spielen? Einen Moment überlegte sie, den Taxifahrer umkehren zu lassen, jetzt sofort in die Wohnung zu fahren, ganz still zu werden, nur in sich hineinzuhören und da das Echo von Takumis Existenz zu spüren. Aber das ging nicht. Das wusste sie. Sie waren auch schon gleich bei der Bar und wenn sie sich beeilte, käme sie, trotz der Verspätung des Taxis, noch rechtzeitig.

Immer wenn sie den Raum betrat, spürte sie Angst, Unbehagen, aber, seit einigen Tagen, auch Vertrautheit. Eine seltsame Mischung. Machte sie das hier schon zu lange? Lief sie Gefahr nicht mehr vorsichtig genug zu sein? Man muss immer auf der Hut sein, sich zu sehr an etwas zu gewöhnen, hatte ihr Vater einmal gesagt und dieser Satz war ihr in Erinnerung geblieben. Sie schluckte und hatte sich wieder im Griff.

Sie hatte noch nie so geschmackvoll eingerichtete Räume gesehen. Es war sicherlich die teuerste Ausstattung, die man sich denken konnte. Aber es wirkte nicht protzig oder überladen. Nein, ganz im Gegenteil, der Reichtum war so platziert, dass er äußerst zurückgenommen wirkte. Das galt für den Eingangsbereich, auch für die Bar, ganz besonders aber galt es für die Kabinette genannten hinteren Räume. Dort standen die Spieltische.

Es war ein Zufall gewesen, dass sie das mit dem Spiel herausgefunden hatte. Und es hatte mit dem weinroten Kalender zu tun. Sie hatte den Kalender bei ihrem ersten Besuch einfach als eine Art Talisman mitgenommen, einfach um etwas zu haben, das sie mit Takumi verband. Als sie nach einem Taschentuch suchte, war der Kalender aus ihrer Handtasche auf die Theke gerutscht. Noch bevor sie nach ihm hatte greifen können, hatte der Barkeeper ihr den bestellten Drink nicht direkt vor sie, sondern neben den Kalender gestellt. Ganz beiläufig hatte er sie dann gefragt, ob sie heute nicht dabei sei. Sie verstand nicht was er meinte. Wobei sollte sie sein? Aber anstatt zu fragen, hatte sie, ohne sich etwas dabei zu denken, mit „doch, doch" geantwortet und gelächelt.

Hastig, für ihr Gefühl viel zu hastig, griff sie dann nach dem herausgefallenen Kalender. Es war ihr, als sei etwas Privates an einen Ort entblößt worden, an den es geschützt gehörte. Sie steckte den Kalender wieder in ihre Tasche. Dabei bemerkte sie in dem Blick des Barkeepers etwas, dass sie stutzen ließ. Er hatte auf den Kalender geschaut, wie auf etwas Bekanntes, etwas auf das zu blicken er berechtigt war. So schaute am Flughafen ein Zollbeamter auf den Pass. Noch bevor er ihn in die Hand nahm, wusste er ob er echt war. So ein Blick war das. Sie schluckte. „Wobei sollte sie sein?", ging es ihr durch den Kopf.

„In Vier und in Sieben sind noch Plätze frei", hatte der Barkeeper gesagt, beiläufig und mit einem Ton der eine Mischung aus Routine und Vertrautheit war, nicht unähnlich der Art, wie man unter Arbeitskollegen spricht, in einem Team, das sich schon lange kennt. Da war alles klar. Man durfte nicht aus der Gewöhnlichkeit der Routine des Geheimnisvollen aussteigen, wenn man an dem Geheimnis teilhaben wollte. Nachfragen war nicht möglich. Das hätte sie verraten.

Okay, das war's, hatte sie gedacht. Sie hatte noch einmal an dem Drink genippt, und war dann langsam aufgestanden. Abbruch! Am besten auf die Toiletten gehen, etwas warten, und dann schnell an der Bar vorbei, zum Ausgang und verschwinden. Eine Alternative gab es nicht. Sie wusste nicht wo *Vier* oder *Sieben* war und hatte auch keine Vorstellung davon, was das war, wovon der Barkeeper gesprochen hatte. Diese Hürde würde sie nicht nehmen, dachte sie, es gab halt Grenzen.

Auf dem Weg zu den Toiletten hatte sie dann einen zweiten, Gang bemerkt, so lang, dass sie sein im Dunklen liegendes Ende nicht sehen konnte. Vielleicht waren ja hier auch noch Toiletten. Sie ging an den mit schlichten aber sicherlich sehr teuren traditionellen Einlegearbeiten verzierten Türen vorbei. Jedes mal, wenn sie sich dem Lichtkegel vor einer Tür näherte, leuchtet in den Einlegearbeiten etwas auf. Eine Ziffer. Drei, vier, fünf, sechs. Und dann, sie konnte auch nicht sagen was sie getrieben hatte, war sie in die *Sieben* gegangen. Ihr Herz schlug bis zum Hals.

Ein großer rechteckiger Raum, bis auf den großen Spieltisch in der Mitte, traditionell möbliert. Zunächst hatte sie das Spiel beobachtet. Es wurde in schnell aufeinander folgenden Runden gespielt. Die Eröffnungspartie war eine Mischung aus einigen Brettspielen wie Dame, Schach, Mühle und Mensch-ärgere-dich-nicht. Sie wurde auf mehreren, übereinandergelegten virtuellen Brettern gespielt. Mit der vor jedem Spieler in den Tisch eingelassenen Sensorfläche konnte man die dreidimensional projizierten Bretter drehen und über und untereinander anordnen. Das war Takumis Welt, hatte sie gedacht. Er liebte Technik. An einem solchen 3D-Projektor, hätte er seine Freude gehabt. So wenig sie sich vorstellen konnte, dass er ein Spieler war, so sehr konnte sie sich vorstellen, dass diese Technik ihn fasziniert hatte. Ja sie war sich sicher, dass er hier gespielt haben musste. Ja, hier war sie richtig. Sie setzte sich an den freien Platz.

Der erste Teil des Spiels war sehr schnell. Sie wollte keine Fehler machen und versuchte so lange wie möglich auf der ersten Ebene zu bleiben. Doch das war genau die falsche Strategie. Sie konnte sich immer nur kurz halten. Wenn die rote Kugel in der Matrix-Mitte explodierte und in der Animation Spielbrett und Steine in Millionen von kleinen Partikeln zerbarsten, zuckte sie jedes Mal etwas zusammen.

Erst langsam verstand sie worauf es ankam. Als sie die dritte Partie in Folge gewonnen hatte, wurde sie etwas mutiger. Es hatte sie gepackt. Nach einigen Wochen war sie so gut, dass sie in den Mehrspielermodus wechseln konnte. Sie musste sich immer noch sehr konzentrieren, aber sie begann richtig gut zu spielen.

Eigentlich war es gar nicht so kompliziert. Über die Sensorfläche musste man Zeichenkombinationen eingeben. An die Bedienung gewöhnte man sich schnell. Wenn man einige erfolgreiche Kombinationen im Kopf hatte und diese rasch genug hintereinander eingab, kam man leicht auf den nächsten Level. Es waren allerdings sehr viel Kombinationen, die man sich hätte merken müssen, und deshalb gab man dann doch oft den falschen Zug ein, obwohl man es eigentlich hätte wissen können. Verkompliziert wurde die Sache noch dadurch, dass es auf jedem Level neue Regeln gab. Ein Zug, der auf dem vorherigen Level gut war, konnte auf dem nächsten Level das Aus bedeuten. Sie versuchte in den Zügen ein System zu erkennen. Manchmal gelang es ihr zwei oder drei Züge im voraus zu denken, dann aber lag sie auch wieder ganz falsch.

Sie fing damit an, sich zu Hause nach dem Spiel die Kombinationen aufzuschreiben. Das war gar nicht so einfach. Schon bald kürzte sie oft vorkommende Spielzüge mit zwei oder drei Buchstaben ab. Um die Züge auf den unterschiedlichen Level unterscheiden zu können, begann sie irgendwann mit hochgestellten Indices zu arbeiten. Die Struktur des Spiels wurde so klarer.

Ein Teil der Kombinationen, die sie da aufschrieb, kam ihr bekannt vor. Wenn sie die Zeichen etwas anders anordnete und an den Stellen, an denen sie Buchstaben des griechischen Alphabets für die Indices genommen hatte, kyrillische Zeichen schrieb, dann war das sehr ähnlich dem, was sie bei ihren Schreibübungen aus Takumis Kalender auf die Zeichenbögen geschrieben hatte. Sie schaute sich die Seiten des Kalenders noch einmal genau an. Es waren keine Termine, die da in seinem Kalender standen, es waren Spielzüge, es war die Notation seines Systems. Sie probierte es aus. Das System war erfolgreich. Sie gewann den ganzen Abend und auch an den folgenden Abenden.

Ja, das war Takumis System, das war Takumi. Sie fühlte sich so glücklich wie schon lange nicht mehr. Sie hatte das Gefühl Takumi wieder gefunden zu haben. Sie war in seinen Gedanken und dadurch fühlte sie ihm in sich, ganz stark.

Gespielt wurde um Dollar. Sie hatte kein Gefühl für den Wert der Banknoten, und sie bemühte sich, nicht zu viel zu gewinnen, sie wollte nicht auffallen. Meist nahm sie aber dann doch ein ganzes Bündel von Scheinen mit nach Hause, auf jeden Fall immer mehr als in den Kalender passte.

Die meisten Spieler machten sich in ihre Kalender Notizen. Yoshiko machte das nie. Sie hatte Angst, das jemand merken könnte, dass die Handschrift in dem Kalender nicht die ihre war. Die Angst war völlig unbegründet. Der Kalender war das persönliche Refugium des Spielers, und auch so etwas wie ein Gegenpool zu der von der Elektronik des Spieltisches kontrollierten Atmosphäre. Aber vielleicht wollte sie einfach auch deshalb nicht in den Kalender schreiben, weil er dadurch nicht mehr die Brücke zu Takumi gewesen wäre, die er jetzt für sie war.

Es war schon spät. Sie hatte diesmal länger gespielt als sonst. Sie hatte sich ein paar Regeln aufgestellt, zur Sicherheit. Kein Blickkontakt mit einem Spieler länger als zwei Sekunden, möglichst keine Gespräche und wenn dann nur kurze Sätze und nur so wenig wie unbedingt nötig sprechen. Und vor allem sofort nach dem Spiel die Bar verlassen. Aus diesem Grund ging sie meist bevor die letzte Runde gespielt wurde. Es war kein Problem früher auszusteigen. Sie nahm noch einen Gewinn mit und ging. Diesmal war die Bar im Vorraum schon gut mit Spielern besetzt und sie hatte das Gefühl, dass eine ganze Reihe von Augenpaaren ihr folgten. Wurde über sie gesprochen? Einen Moment überlegte sie sich umzudrehen, dann aber ging sie doch schnell, für ihr Gefühl fast zu schnell, zur Garderobe und verließ die Bar. Draußen stand bereits ihr Taxi und wartete. Ein elegant gekleideter Herr verhandelte mit dem Fahrer und wollte ihn dazu überreden ihn zu fahren. Er habe es eilig und die Dame könne sich doch auch einen anderen Wagen bestellen, wenn sie denn dann doch noch käme. „Die Dame bin ich", sagte Yoshiko etwas spitz und stieg in das Taxi.

Als sie die Stapel mit dem gewonnenen Geld wie gewohnt in den Schlafzimmerschrank legte, kam ihr wieder das Gesicht des Mannes, der mit ihrem Fahrer verhandelt hatte, in den Sinn. Irgendwie erinnerte sie die Nase des Mannes an das Bild auf den Scheinen. Aber das war natürlich Unsinn, es war ein Japaner gewesen und Japaner sahen nicht aus wie George Washington.

Nein. Vielleicht war es irgendetwas anderes auf den Scheinen, das sie an den Mann erinnerte. Sie legte das Geld beiseite.

Langsam wurde das mit dem gewonnenen Geld ein Problem. Einen Teil des Gewinns tauschte sie bei der Bank in Yen. Sie hatte auch noch bei einer anderen Bank ein Konto eröffnet. Aber das ganze Geld konnte sie auch dort unmöglich einzahlen. Woher kam eine Studentin, die noch nie im Ausland gewesen war, plötzlich an so viel US-Dollar? Nein, das ging nicht.

In ihrem Schrank füllten die Scheine mittlerweile schon zwei Fächer. Sie hatte Socken und Strümpfe bereits zusammen in ein anderes Fach gelegt. Sie fand, dass die Stapel unordentlich aussahen und besorgte sich einige Schuhkartons. Aber das löste das Problem auch nicht wirklich.

Wind

Der Mann, der mit dem Fahrer ihres Wagens gesprochen hatte, ging ihr nicht aus dem Kopf. Nicht dass sie fortwährend an die nächtliche Szene vor dem Taxi denken musste, aber an den unterschiedlichsten Zeiten des Tages hatte sie plötzlich einige der Bilder wieder vor Augen. Sie hatte dem zunächst gar keine Bedeutung zugemessen. Sie wollte es auch nicht. Aber als sie merkte, dass sie immer wieder Bruchstücke der nächtlichen Szene vor Augen hatte, fragte sie sich, ob da doch etwas Wichtiges passiert war. Nein, sagte sie sich, es war alles belanglos. Das *Nein* kam ihr etwas zu schnell, aber was war denn schon passiert? Ein eiliger Mann, hektisch, er wollte ein Taxi und da stand eines, aber es war nicht für ihn sondern für sie bestellt und der Fahrer hatte so reagiert, wie ein Fahrer eines bestellten Taxis reagiert. Alles war im Rahmen der durch die Höflichkeit vorgegebenen Regeln geblieben. Ein belangloser Vorfall. Sie wollte an etwas Anderes denken, aber ein, zwei oder drei Sequenzen der nächtlichen Szenerie drängte sich immer wieder in den Vordergrund, lenkten sie ab von dem was sie gerade tat.

Sie stand auf und ging ans Fenster. Unten im Hof stand eine Kiefer, davor ein kleines Stück Rasen, am

Rand ein verrosteter Fahnenmast, der schon lange nicht mehr benutzt wurde. Warum stand auf dem Innenhof eines Mietshauses ein Fahnenmast, fragte sich Yoshiko. Sie wollte weiter an ihrer Examensarbeit schreiben und ging zum Tisch zurück. Wieder war die nächtliche Szene in ihrem Kopf. Sie versuchte sich das Gesicht des Mannes vorzustellen. Sie wollte endlich die Szene deutlich in ihre Erinnerung hohlen, sie ganz erfassen, sie ganz bewusst als so belanglos markieren wie sie war, um sie dann einfach beiseite zu schieben. Doch es gelang ihr nicht. Die Erinnerung war wie ein unnützer Knoten in einer Gardinenkordel. Eigentlich konnte man ihn da lassen wo er war, er störte nicht, trotzdem nahm man die Kordel immer wieder in die Hand, spielte mit ihr und wollte den Knoten lösen.

Sie versuchte, sich an einige seiner Sätze zu erinnern, an den Tonfall seiner Stimme. Aber immer wenn sie meinte sie hätte einen Erinnerungsfetzen zu fassen bekommen, dann verschwand er wieder.

Er hatte sie nur einmal und nur kurz angeschaut. Er war in Eile. Ein eiliger Mann. Warum war er in ihren Gedanken? Fürchtete sie, dass er sich für sie interessierte, dass sie sich vor ihm in Acht nehmen müsste, dass er eine Gefahr für sie darstellen könnte? Dass sie ihm auffallen könnte, so auffallen, dass es sie in die Notwendigkeit einer Erklärung bringen würde. Musste man erklären, warum man in der Bar spielte? Zumindest wäre es gut gewesen, die Herkunft des roten Kalenders erklären zu können. Bekam man ihn geschenkt, war er eine

Einladung, oder kaufte man ihn, wie eine Eintrittskarte für eine bestimmte Summe? Sie war sich sicher, dass das Spiel nicht legal war. Sie spürte, dass das, was sie da machte, gefährlich war. Aufhören? Nein. Sie war da viel zu tief drin und sie war erfolgreich. Sie erschrak, als sie merkte, dass ihr das wichtig war.

Er war einer der Spieler. Das klang so abfällig, wenn man das so dachte: ein Spieler. Aber sie war jetzt auch eine Spielerin. Zumindest sah es nach außen so aus. Auch Takumi war ein Spieler gewesen. Nein, das wollte sie so nicht denken. Takumi hatte in der Bar gespielt, regelmäßig, so wie sie jetzt, ja das war wohl ziemlich sicher, aber vielleicht gab es da ja noch einen ganz anderen Grund, einen anderen Zusammenhang, einen Grund, den sie noch nicht kannte.

Später konnte sie nicht mehr genau sagen, ob sie an dieser Stelle ihrer Gedanken zum ersten Mal auf die Idee gekommen war, dass der Mann, der an dem Abend mit ihrem Fahrer gestritten hatte, sie weiter bringen könnte bei dem in-Erfahrung-bringen dessen was Takumis zweites Leben war. Auf jeden Fall, da war sie sich sicher, sie hätte, als er sie, einige Wochen nach jenem Vorfall ansprach und sie nach dem Spiel zu einem Drink einlud, ganz anders reagiert, wenn sie nicht in den Wochen vorher schon diese Gedanken gehabt hätte.

Er hieß Kaito. Ganz unkompliziert stellt er sich vor. Er war schlank, sehr elegant, nicht nur durch seine Kleidung, sondern vor allem mit seinem Benehmen. Ein gebildeter Mann, ein Mann, dem man die Macht, die er zu haben gewohnt war, anmerkte. Er roch förmlich nach Macht. Trotzdem war er vor allem zurückhaltend und in keiner Weise überheblich. Sein Selbstbewusstsein war unübersehbar, seine Zielstrebigkeit wurde in jeder seiner Gesten deutlich, aber das machte ihn nicht unsympathisch. Sie merkte, dass die Gefahr bestand, sich in ihn zu verlieben. Konnte das passieren? Die Frage, ob sie es wollte, stellte sie sich nicht.

Er spielte normalerweise nur einmal in der Woche, meist Mittwochs oder Donnerstags. Deshalb war er ihr bisher nicht aufgefallen. Manchmal kam er auch in einer Woche gar nicht. Er hatte viel zu tun. Es war ihr klar, dass sie für ihn nur eine Affäre werden konnte. Sein Interesse an ihr war ernsthaft, da war sie sich sicher. Aber es würde nur eine Affäre werden, egal wie intensiv und egal wie lange es auch dauern würde. Das beruhigte sie. Sie würde Takumi nicht verlieren.

Er drängte sie nicht. Für einen so machtbetonten Mann war seine Annäherung an sie zurückhaltend, fast schüchtern, obwohl das natürlich völlig das falsche Wort war. Als es dann schließlich passierte, da schien es ihr, als sei es schon lange zuvor passiert und nur das äußere Sichtbarwerden eines innerlich bereits lange vollzogenen Zustands. Und trotzdem störte sie seine Unbefangenheit, die Selbstverständlichkeit mit der er sie anlächelte, die Leichtigkeit mit der er sie berührte, auch an den intimen Stellen.

Sie versuchte einige Zeit jedes Treffen wie eine neue Begegnung, wie ein erstes Mal zu empfinden, aber es gelang ihr nur bis zu einem gewissen Punkt. Er spürte nichts davon, da war sie sich sicher.

Nicht sicher war sie sich, was, über das Erotische hinaus, sein Interesse an ihr war. Zunächst war das auch nicht wichtig. Sie wollte vor allem nicht aus der Rolle fallen in der er sie sah, aus der Rolle in der sie ihm begegnet war. Manchmal war es anstrengend. Aber sie gefiel sich auch durchaus als die geheimnisvolle Spielerin, die begabte, talentierte und vor allem reaktionsschnelle und intelligente Überfliegerin als die er sie sah. In dieser Rolle fühlte sie sich auch Takumi nahe. Da war sie er, so dachte sie. Und wenn sie nachts neben dem gleichmäßig atmenden Kaito lag und nicht schlafen konnte, dann fragte sie sich, ob Takumi sie verstehen würde. Sie verstand ihn immer noch nicht. Wahrscheinlich würde sie es auch nie können.

Und dann konnte es passieren, dass ihre Sehnsucht nach Takumi übermächtig wurde. Sie wälzte sich hin und her und obwohl Kaito einen sehr festen Schlaf hatte wurde er wach. „Kannst du nicht schlafen?", fragte er dann, gab ihr einen Kuss und war dann auch schon wieder eingeschlafen. Er verstand nicht, was mir ihr los war. Es war wohl auch nicht möglich es zu verstehen.

Alles begann zu verblassen. Die Erinnerung war nur noch ein Abziehbild und die Gegenwart eine konstruierte Fiktion, die unruhig flatterte sobald man auf sie schaute.

Sie musste unbedingt ihre Examensarbeit fertig schreiben. Auf in Schuhkartons angehäuften Dollarscheinen konnte man kein Leben aufbauen. Wenn sie nicht bald einen Halt fand, würde sie sich zwischen den verwischenden Spuren ihrer vielen Spiegelwelten auflösen, ohne dass sie es selber merken würde. Ihr fröstelte bei dem Gedanken und sie hatte Angst, dass sie wieder die Zuckungen bekommen würde.

Auftrag

War das Spiel für Takumi nur ein Spiel gewesen, ein illegaler aber vielleicht gerade deshalb reizvoller Zeitvertreib? Etwas das seine Intelligenz forderte und ihm zudem noch etwas zusätzliches Geld einbrachte? Sie war sich sicher, dass er immer gewonnen hatte. Wahrscheinlich sogar viel mehr als sie. Sie hatte sein System ja noch gar nicht wirklich ausgereizt. Aber vielleicht war auch ihre zurückhaltende Art die Einsätze zu platzieren eine der Grundlagen für Ihren Erfolg. Wer konnte das schon sagen? Doch darum ging es ihr nicht. War da noch mehr als das Spiel? Das war die Frage.

Wenn sie Kaito beim Essen zuschaute, nach dem Spiel, in einem der exklusiven Restaurants in die er sie einlud, dann dachte sie, dass da noch etwas ganz anderes sein musste. Sie wusste bloß nicht was. Aber wie sollte sie das herausfinden? Sie sprachen nicht viel, wenn sie beisammen waren.

Er hatte für ihre Treffen eine kleine Wohnung gemietet. Das war für ihn offensichtlich kein Problem. Meist fuhren sie direkt vom Restaurant dorthin. Er hatte einen eigenen Fahrer. Zum Spiel kam Kaito immer mit einem Taxi, aber vom Restaurant ließ er sich ganz offiziell von seinem Fahrer abholen.

Die Wohnung benutzten sie nur für ihre Treffen. Er blieb selten über Nacht. Yoshiko überlegte dann immer, ob sie alleine hier bleiben sollte, tat es aber nie. Selbst wenn es schon sehr spät war, nahm sie noch ein Taxi. Sie ließ den Wagen dann immer zwei Straßen vor ihrer Wohnung halten und ging den restlichen Weg zu Fuß. Sie wollte nicht, dass jemand in ihrem Haus mitbekam, dass sie Taxi fuhr. Sie hatte etwas Angst, nachts alleine über die beiden Straßen zu gehen, aber als Studentin nahm man sich kein Taxi.

Es war Mitte Mai und immer noch recht kalt. Doch das war nicht der Grund, warum Kaito heute nicht auf der Dachterrasse hatte essen wollen. Er hatte gekocht. Das war neu. Sonst ließ er sich immer Essen bringen, wenn sie einmal doch in der Wohnung aßen. Der Fahrer hatte eingekauft, einige Körbe voll, alles sehr nobel, nach der Liste, die Kaito ihm geschrieben hatte. Kaito hatte mitgeholfen die Sachen nach oben zu tragen und dann hatte er gekocht. Yoshiko hatte nur zugeschaut und er hatte ihren irritierten Blick wohl bemerkt, aber nur mit einem verschmitzten Lächeln darauf reagiert. Jetzt lernst du mich wirklich kennen, schien das Gesicht zu sagen. Yoshiko hatte zum ersten Mal Angst, dass es ihr mit Kaito zu eng werden könnte. Sie nahm sich zusammen. Sie wollten nicht, dass er das merkte.

Er stellte das Radio an, eigentlich so laut, dass man sich dabei nicht unterhalten konnte. Er sprach sehr leise, sie verstand ihn kaum. Normalerweise wäre sie aufgestanden und hätte das Radio ausgestellt. Aber irgendetwas hinderte sie daran.

„Ich brauche jemanden dem ich vertrauen kann. Ich will ganz offen sein."

Sie nickte und erwartete, dass er anfangen würde von einer Ehefrau zu sprechen. Wollte er sich scheiden lassen und sie heiraten, oder sie als seine heimliche Erbin einsetzten oder sie zu Besitzerin von illegal erworben Immobilien machen, damit er weiter sein Geld an der Steuer vorbei schleusen könnte? Das waren die Gedanken die ihr kamen.

„Ich brauche jemanden, dem ich vertrauen kann und der so intelligent und reaktionsschnell ist wie du."

Das ‚*reaktionsschnell*' machte sie stutzig. Es ging doch in eine andere Richtung.

„Ich habe Dich beobachtet, beim Spiel in der Bar. Du bist gut, sehr gut."

Yoshiko lächelte, etwas Röte schoss in ihr Gesicht und sie fand es gut, dass er merkte, dass ihr das Lob gefiel. Er sollte ruhig wissen, dass es ihr wichtig war gut zu sein.

„Du bist wirklich außergewöhnlich gut. Es gibt nur wenige Spieler, die so viel Disziplin haben und so kontrolliert und überlegt spielen."

Yoshiko wusste immer noch nicht, worauf Kaito hinaus wollte. Hatte er sie durchschaut, wusste er, dass sie mit dem System eines anderen spielte? Kannte er Takumi vielleicht sogar? Ja klar, er musste ihn kennen und er hatte sie sofort durchschaut. Es war dumm gewesen, naiv, sträflich dumm einfach in diese Bar zu gehen und an einem illegalen Spiel teilzunehmen von dem man nichts verstand. Natürlich hatte er Takumis System erkannt. Das war einzigartig. Das einzigartige System eines einzigartigen Mannes. Das konnte man nicht ungestraft kopieren. Sie atmete so ruhig sie konnte. Am liebsten hätte sie die Augen geschlossen, aber das wollte sie nicht. Sie wollte erst aufgeben, wenn es wirklich vorbei war.

„Du könntest auch um ganz andere Summen spielen."

Kaito wartete auf ihre Reaktion, aber Yoshiko war zu sehr mit ihren Gedanken beschäftigt, und so musste er zweimal ansetzen bis sie verstand, dass er ihr ein Angebot machte mit seinem Geld für ihn zu spielen.

„Es ist ähnlich wie das Spiel dass Du kennst. Es ist die gleiche Maschine, aber mit zwei Ebenen mehr. Doch das sollte für Dich kein Problem sein. Und da geht es um richtige Summen, nicht nur um amerikanisches Kleingeld."

Yoshiko hatte sich langsam wieder gefangen. Sie hörte ihm zu.

Also, wenn sie das richtig verstand, dann war das Spiel, das sie da mit Takumis Kalender spielte, für Kaito nur eine Spielerei, ein netter Zeitvertreib. Langsam konnte sie sich wieder konzentrieren. Sie ließ sich das, was Kaito vorhatte noch einmal erklären. Sein Geld und ihre Spielstärke, dass musste erfolgreich sein. Er kannte keine Frau, die so souverän mit der Maschine umgehen konnte. In dem Zirkel, in dem um die hohen Summen gespielt wurde, waren nur Männer. Auch das sollte ein

Vorteil sein. Er würde sie einführen. Er konnte das. Er hatte einen sehr hohen Status, das war ihr schon lange klar gewesen. Dass er über solche Summen verfügen konnte, hatte sie aber nicht gedacht.

„Du kannst es dir in Ruhe überlegen. Das nächste Spiel ist am kommenden Freitag. Du hast also noch ein paar Tage Zeit."

Sie war erstaunt, dass alles so reibungslos lief. Sie musste sich doch auch um die Universität, um die Prüfung kümmern. Sie konnte das nicht noch ein weiteres Semester vor sich her schieben. Als Spielerin, illegale Spielerin, konnte sie doch nicht leben. Sie wollte auch nicht dauerhaft von Kaito abhängig sein. Sie konnte sich mit niemandem besprechen. Das war fürchterlich. Takumi fehlte ihr. Es war so eine entsetzliche Lücke, dass er nicht mehr da war. Sie weinte in dieser Nacht sehr lange.

Am nächsten Tag schien die Sonne, es war klar und für die Jahreszeit unüblich kalt. Sie war selten so früh durch die Stadt gegangen. Sie wollte zur U-Bahn, nahm aber einen anderen Weg und nach einer Viertelstunde, die sie ganz gedankenverloren gegangen war, stellte sie fest, dass sie plötzlich in einem anderen Viertel war. Hier war sie bisher noch nie gewesen. Es war fremd, ein ganz anderes Tokio, als das Tokio, das sie kannte. Sie ging weiter.

Ihr kam der Gedanke, dass die Entscheidung in ihrem Inneren schon lange gefallen war, nicht in ihrem Bewusstsein, sondern an einem anderen Ort ihrer Psyche, einem Ort, der ihr nicht zugänglich war und sie befürchtete, dass, egal wie ihre Überlegungen auch ausgehen würden, ihr Abwägen und Nachdenken keinen Einfluss auf ihr Handeln haben würde.

Sie schaute in die Auslagen einer kleinen Buchhandlung. Das Geschäft war noch geschlossen, natürlich, es war ja noch früh. Der Laden war ganz neu. Es hingen noch die Plakate von der Eröffnungsfeier und die bunten Schildchen, die die Sonderangebote auswiesen. Sie sah ihr Spiegelbild in der Scheibe und ihr Gesicht durchmischte sich mit den Regalen und der Auslage hinter der Scheibe. Sie schaute auf das Spiegelbild und die Bücher, und plötzlich sah sie sich am Spieltisch sitzen, in dem abgedunkelten Raum, es roch nach teurem Herrenparfüm und ihre Finger glitten über die Sensorflächen. Sie dreht sich hastig um, schaute auf die gegenüberliegende Straßenseite. Hatte sie jemand gerufen? Takumis Stimme? Nein, da war niemand. Die Straße war leer. Es fuhren auch keine Autos. Das war ihr ein kleines bisschen unheimlich. Doch das Bild vom Spieltisch blieb in ihrem Kopf und in ihren Fingern spürte sie noch eine ganze Weile das elektrisierende Gefühl der über die Sensoren dahingleitenden Finger.

Als sie Kaito am Freitag Vormittag anrief und ihm zuzusagen, dachte sie, dass sie ihr Studium damit endgültig den Bach herunter gehen lassen würde. Sie legte schnell auf. Das Gespräch war nur ganz kurz. Sie hatte Angst, dass, wenn sie länger mit ihm sprechen würde, sie nach Argumenten suchen musste, und dass es eigentlich nicht zu verantworten war, sich einem solchen Spiel zu widmen. Das hieß doch, das Studium aufzugeben. Das war sicher. Sie konnte sich das gar nicht anders vorstellen.

Doch in diesem Punkt irrte sie sich. Sie spielte schon bald nur noch einmal die Woche, meist freitags, manchmal auch samstags, manchmal ließ sie sogar ein Wochenende aus. Sie schlief viel, denn das Spiel kostete sehr viel Kraft. Trotzdem hatte sie für das Studium viel mehr Zeit als früher und sie konnte sich auf das, was sie an der Universität machte, auch viel besser konzentrieren. Sie meldete sich rechtzeitig zu den Prüfungen an und war nicht einmal wirklich überrascht, als sie alle Prüfung mit einer 1,2 oder 1,1 bestand.

An dem Tag, an dem die Examensurkunde überreicht wurde, war Kaito im Ausland und als er wieder da war, erschien es ihr einfacher ihm nichts von dem abgeschlossenen Studium zu erzählen. Das Schwierige war die Differenz zwischen den beiden Welten. Der exklusive, geheimnisvolle, verbotene Zirkel des Spiels auf der einen Seite, auch die Unmengen von Geld. Auf der anderen Seite das akademische Leben. Sie konnte das nicht verbinden. Sie wollte gar nicht, dass das zwischen ihnen Thema wurde. Er hätte es nicht verstanden. Da war sie sich sicher.

Und dann war da noch das Gefühl der verlorenen Heimat. Das war wohl das, was die eigentliche Lücke in ihrer Brust klaffen ließ. Ihre eigentliche Sehnsucht: Das Gefühl zu Hause zu sein, anzukommen. Das fehlte ihr. Manchmal meinte sie den Schmerz körperlich zu spüren, ein Stechen in der Brust. Sie war schon mehrfach deswegen beim Arzt gewesen, doch der hatte nichts gefunden, und wenn sie sich sagte, dass da dann auch wohl nichts wäre, dann glaubte sie es sich nicht.

Ihre Professorin bot ihr an zu promovieren. Forschung, da war sie Takumi nahe, dem Takumi den sie kannte. Es war nicht leicht ein Thema zu finden für die Promotion. Sie wollte nicht einfach in irgendeine Arbeitsgruppe und stumpfe Laborarbeit machen. Davor hatte sie Angst. Da fehlte ihr Takumi. Mit seiner Unterstützung wäre das alles kein Problem gewesen. Aber er war nicht da. Wieder die schmerzende Lücke: Takumi hätte ihr die Sicherheit geben können, die sie brauchte. Da war sie sich sicher. Doch genau an dem Tag, an dem es so aussah als würden es endlich wieder geordnete Bahnen in ihrem Leben geben, war er verschwunden. Über diesen Punkt kam sie nicht hinweg. Manchmal hatte sie das Gefühl, dass sie sich übergeben müsste.

Sie fuhr immer noch in das Haus der Eltern, auch wenn sie das nicht wirklich tröstete. Kaito sagte sie dann immer, dass sie zu einer Schulfreundin fuhr und er fragte nicht weiter. Er musste diesen Teil ihres Lebens nicht kennen.

Die Geldsummen, die sie für ihn erspielte, machten sie schwindelig. Sie kam sich vor wie ein Rennpferd, gut gepflegt und trainiert. Vielleicht war sie aber auch einfach nur ein Goldesel, der an einer Leine gehalten wurde. Die Leine war lang und auch hübsch verziert, doch es war eben eine Leine. Es war nie eine wirkliche Beziehung zwischen Kaito und ihr gewesen. Und sie bemühte sich auch jetzt nicht darum. Sie hatte nie das Gefühl Takumi untreu zu werden. Aber sie wusste nicht mehr, wer wen benutzte. Sie Kaito, oder Kaito sie. Es gab da nichts mehr, was sie über Takumi herausfinden konnte, hatte sie den Eindruck. Aber sie konnte das ganze auch nicht einfach so abbrechen. Sie wollte das auch nicht, selbst wenn es gegangen wäre. Es war nicht einfach, das klar zu fassen. Noch viel weniger konnte sie sagen, wer von ihnen was mit welchem Hintergedanken tat.

Takumi war für sie jetzt völlig verschwunden. Es konnte vorkommen, dass sie einen ganzen Monat nicht an ihn dachte und wenn dann doch einmal der Gedanke an ihn kam, vermisste sie die Sehnsucht nach der Erinnerung an den Geliebten nicht einmal. Das war fürchterlich. Sie war jetzt wirklich allein.

Öffentlichkeit

Im Mai schlug Kaito ihr vor zu verreisen. Sie wusste nicht warum. Sie hatte ihn bisher immer so eingeschätzt, dass er eigentlich nicht so gerne verreiste. Reisen war für ihn eine Notwendigkeit, eine Notwendigkeit, die der Beruf mit sich brachte, nicht wirklich unangenehm, aber auch nicht geliebt. Vielleicht war er eigentlich sogar in Wirklichkeit ganz einfach gerne zu Hause. Der Gedanke war ihr manchmal gekommen. Es waren Blicke, wenn er einen seiner Anzüge in den Schrank hing, oder wenn er nach einer Reise, manchmal war er für ein oder zwei Wochen unterwegs, wieder zu ihr kam. Die Blicke sagten ihr, dass er müde war, dass das Fortsein ihn anstrengte und dass er hoffte, die nächste Reise würde nicht so bald anstehen.

Das stand im Widerspruch zu dem Bild des polyglotten, international ausgerichteten Machers. Er sprach immer sehr angeregt über die Orte, an denen er gewesen war, aber sie fand das oberflächlich, aufgesetzt und nur eine Rolle. Dass er nicht darüber sprach, was er dort machte, irritierte sie hingegen nicht. Das war Bestandteil ihrer stillschweigenden Vereinbarung, das nicht anzufragen. Es gab einen Bereich seines Lebens, den sie nicht betreten durfte, und dass sie das akzeptierte, war der Preis, den sie dafür zahlte, dass sie in dem anderen Bereich einen sicheren Zugang hatte.

Sie war verwundert, dass es nach Europa gehen sollte und dann gleich für vier Wochen. Das war für sie eigentlich unvorstellbar, zumindest war es bisher unvorstellbar gewesen. Allein wegen des Geldes. Sie hatte jetzt viel Geld, sehr viel Geld, aber es war ihr ungewohnt so viel Geld auszugeben, dazu noch für eine Reise. Sie wäre nicht auf die Idee gekommen das zu tun.

Doch sie musste gar kein Geld ausgeben. Kaito arrangierte alles. Und er machte es perfekt, so wie alles was er tat.

Das begann schon am Flughafen: VIP-Service und Privatjet. Es war das erste Mal, dass sie mit einem Privatjet flog. „Das ist einfacher", meinte Kaito auf die Frage, die er in ihrem Gesicht las. „Das ist einfacher und schneller und so nutzen wir die Zeit besser." Er hatte Europa ausgesucht, aber sie konnte die Ziele bestimmen. Die für den Jet notwendigen Zwischenlandungen auf dem Weg nach Europa waren geplant. „Bis dahin hast du Zeit dir das erste Ziel auszusuchen", meinte er mit dem Versuch eines trockenen Tonfalls. Aber er konnte den letztendlich Stolz ausdrückenden humorvollen Unterton nicht unterdrücken. Sie gab ihm einen Kuss auf seine Wange. Die duftete noch immer nach dem Aftershave des Morgens. Sie mochte das.

„Also ich bestimme, wo wir hin fliegen?"

„Ja", er fand, dass das eine gute Arbeitsteilung war und sie fand das auch. Bereits kurz nach dem Abflug saß sie mit dem Reiseführer in der Kabine des vierstrahligen Jets, während Kaito dem Piloten Gesellschaft leistete. In dem Bus, mit dem Sie noch bis vor wenigen Wochen zur außerhalb gelegenen Forschungsstelle des Instituts gefahren war, stand immer ein Schild, dass man während der Fahrt nicht mit dem Fahrer sprechen dürfe. Ein solches Schild gab es hier für den Piloten nicht. Sie wunderte sich über ihren seltsamen Gedanken und fand ihn lustig.

Sie war noch nie in Europa gewesen. Von Europa hatte ihre Mutter gesprochen und in der Schule war es oft Thema gewesen. Sie wollte alles sehen, von dieser Kultur, die ihre Erziehung so geprägt hatte. Das britische Museum in London, die Kreidefelsen Casper David Friedrichs, Mozarts Salzburg und Beethovens Bonn, und dann natürlich Frankreich und Spanien, Barcelona und Paris. Und dann gab es da noch einen Wunsch, der ganz tief in ihr saß. Die Cote d'Azure, vor allem Nizza und dann die Provence. Das musste einfach sein. Eigentlich war es ein Text in dem Französischbuch, das sie in der Schule gehabt hatte. Da stand ein Satz von dem Licht des Südens, das viele Touristen und Künstler anzog. Daneben war ein Rezept von einem „Salade Nicoise" und sie wollte in Nizza diesen „Salade Nicoise" essen. Sie hatte Angst, dass Kaito das lächerlich finden könnte und so sagte sie es ihm nicht. Statt dessen sprach sie von den Künstlern: Picasso und Chagall, Rodin und Matisse. Was waren das für Namen! Sie vergaß darüber alles andere. Zum ersten Mal seit Jahren war sie wirklich wieder unbeschwert.

Es war eine traumhafte Reise, manchmal auch unwirklich, vor allem wegen des Luxus, der ihr immer noch fremd war. Wenn sie in einem der teuren Restaurants aßen, dann erwischte sie sich dabei, wie sie sich vorstellte, in einem kleinen Imbiss eine Portion frittierten Fisch zu essen, aus einem Pappbecher mit Plastikstäbchen. Aber in Europa aß man nicht mit Stäbchen.

In den Genuss mischten sich zähe Fäden von Langeweile. Würde sie wieder spielen, wenn sie zurück in Japan waren, fragte sie sich. Sie wusste es nicht. Was war das für eine Reise, hatte sie, über das Vergnügen hinaus, einen Sinn?

Am Flughafen stand für sie immer ein Wagen mit Fahrer bereit und weil Kaito das mit der größten Selbstverständlichkeit in Anspruch nahm, traute sie sich nicht zu fragen was das koste und wer das bezahlte. War er wirklich so reich? Oder war das gar das Geld, das sie erspielte, sein Anteil? Dieser Urlaub musste doch Unsummen kosten. Die Fahrer sahen immer sehr ähnlich aus. Es waren immer Japaner. Wohl eine Firma, die einen weltweiten Service anbot. Was es alles so gab. Sie befürchtete, dass eine Frage hier in den Teil von Kaitos Leben führen würde, der nicht mehr in dem Bereich ihrer Absprache lag. Also verzichtete sie darauf.

In Nizza hätte sie gerne einen offenen Wagen gehabt. Ein rotes Cabrio. Es gab eine Szene in einem französischen Film mit Jean Paule Belmondo, da fuhr der

Schauspieler mit einem solchen Wagen eine Küstenstraße entlang. Sie erzählte das Kaito im Scherz und die Kälte, die kurz in seinem Lächeln aufflammte, als sie es ihm erzählte, sagte ihr, das das nicht ging. Das Lächeln war ein Nein und die Bitte nicht weiter nachzufragen, weil es nicht ging. Ein ziemlich unverrückbares Nein. „Wir bleiben dann mal bei der Limousine", sagte er. Seltsamer weise kam ihr das Wort „Sicherheitsbedenken" in den Sinn. Sie schaute auf den breiten Rücken des Fahrers und wusste nicht warum.

Von Nizza fuhren sie nach Monte Carlo. Das war nicht die Küstenstraße aus dem Film, aber es war wunderbar. Sie waren in der Villa der Baronin Rotschild gewesen, zauberhafte venizianische Gotik und ein traumhafter Garten mit Blick auf das Meer zu beiden Seiten. Tanzende Springbrunnen dazu Händel und Bach. Es war ihr peinlich, dass sie weinen musste vor Rührung. Es war das erstemal seit langem, dass sie wieder intensiv an Takumi denken musste. Er fehlte ihr.

Sie wollte fort aus diesem Luxus-Gefängnis. Sie wollte einfach nur am Strand liegen, die Sonne genießen und ab und zu ins Wasser gehen. Doch das ging nicht. Kaito mochte nicht am Strand liegen, so unübersichtlich, inmitten fremder Menschen. Wahrscheinlich hätte er für sie einfach einen ganzen Strand reserviert, kam es ihr in den Kopf. Aber sie sagte nichts. Noch ein Tabu.

Sie fuhren auf einer steilen Straße in eines dieser entlegenen französischen Bergdörfer. So abgelegen, dass im Mittelalter die Pest ihren Weg nicht hierher gefunden hatte. Eine der wenigen Orte, die verschont worden waren. Der Reiseführer versprach an steilen Hängen liegende verwinkelte Gässchen und einen malerischen Panoramablick auf die Bucht. Der Wagen vor ihnen fuhr ungewöhnlich langsam. Der Grund waren zwei Radfahrer, ein Mann und eine Frau. Der französische Autofahrer hatte kein Problem damit, den ganzen Aufstieg über die Serpentinen langsam hinter den beiden Radfahrern hinterher zu fahren. Die Frau fuhr vorweg, der Mann hinterher. Er mit Helm, sie ohne. Sie hatte zwei große weiße Fahrradtaschen am Gepäckträger, er zwei schwarze und auf dem Rücken einen blauen Rucksack. Die hatten alles was sie brauchten dabei, dachte Yoshiko.

Als die Limousine an einer Ausweichstelle das Pärchen endlich überholen konnte, schaute Yoshiko für einen Moment in das Gesicht der Frau. Sie hätte gerne mit ihr getauscht. Die beiden waren keine Einheimischen aber auf jeden Fall Europäer, ganz offensichtlich Touristen aus einem der Nachbarländer. Die Frau hatte ein sanftes, ausdrucksstarkes Gesicht. Sehr europäisch fand Yoshiko. In dem Blick der Frau lag ein von Fremde sprechendes Geheimnis, aber das Gesicht hatte auch etwas Vertrautes. Wie seltsam doch Gedanken sein können, dachte Yoshiko. Für einen Augenblick mischte sich das Bild vom Gesicht der Frau mit Yoshikos Spiegelbild im massiven Glas der Seitenscheibe. Beinahe hätte sie den Fahrer gebeten anzuhalten, doch der beschleunigte den schweren Wagen so schnell, wie das die Steigung und die enge Straße hier zuließen.

Einige Tage später bekam Kaito einen Anruf auf sein Handy. Ihr fiel auf, dass auf der ganzen Reise nicht einmal sein Handy geklingelt hatte. Er war ärgerlich. So ungehalten hatte sie ihn noch nie erlebt. Immer wieder unterbrach er sein Gegenüber mit einem ärgerlichen „warum?" oder „wieso?" oder auch „Was soll das?"

Sie konnte sich aus dem Gespräch keinen Reim machen. Offensichtlich war etwas Schlimmes passiert. Nach dem Gespräch schaute Kaito eine ganze Zeit teilnahmslos durch das Seitenfenster auf die vorbei fliegende Straße. Er schien völlig erstarrt.

Dann sprach er den Fahrer an. Kaitos Stimme klang, als erwache er aus einem tiefen Schlaf. „Wie lange brauchten wir bis Paris?" Der Fahrer tippte auf seinem Navi herum: „Vier Stunden 30 Minuten."

„So lange?"

„Ja."

Kaito fragte fast mechanisch nach dem nächsten Flughafen, das war Lion. Er telefonierte, der Jet konnte da sein, gut.

Yoshiko dachte, dass er schnell nach Paris müsste, sie konnte sich nicht vorstellen warum, aber sie fragte nicht. Erst im Flugzeug bekam sie mit, dass es direkt nach Japan ging. Bei der Zwischenlandung wurde der Jet nicht aufgetankt, sie wechselten einfach in eine bereits wartende neue Maschine. Statt in Tokio landeten sie auf einem kleinen Militärflugplatz im Süden. Er brachte sie zum Zug, mit dem sie alleine nach Tokio fahren sollte, so hatte er es bestimmt. Er sprach die ganze Zeit kein

Wort. Zum Abschied gab er ihr nur einen flüchtigen Kuss. „Wir werden uns eine Weile nicht sehen", sagte er, trocken und in der Melancholie, die plötzlich in seiner Stimme mitschwang lag eine verletzte zärtliche Sanftheit, die sie bei ihm zum ersten Mal bemerkte. Beinahe hätte sie geweint, aber dann musste sie einsteigen, der Zug fuhr pünktlich ab. Sie war wieder in Japan. Um 12 war sie in Tokio. Es war neblig, ungewöhnlich um diese Jahreszeit und obwohl es nicht wirklich kalt war, fröstelte sie.

Zwei Tage war sie wie gelähmt. Was war passiert? Sie wusste gar nichts. Sie wartete in ihrer Wohnung, wartete auf einen Anruf, wartete auf eine Nachricht von Kaito. Nachts träumte sie, dass sie verhaftet würde und dass man ihr Fragen stellte, viele Fragen, die sie alle nicht beantworten konnte. Die Polizisten sprachen ein sehr schnelles Französisch, das sie nicht verstehen konnte und ab und zu wurde sie in einem gebrochenen Englisch angebrüllte, aber auch das war unverständlich. Und sie sagte immer nur „Je ne sais pas", aber das wurde auch nicht verstanden und wenn sie aufwachte, wunderte sie sich, dass sie nicht in Handschellen an einen Stuhl gefesselt war und eine Schreibtischlampe ihr ins Gesicht schien.

Sie hatte Angst aus der Wohnung zu gehen. Sie lebte wie mit angehaltenem Atem, aber so konnte man nicht lange leben. Zweimal ging sie dann doch hinaus. Sie musste etwas einkaufen, etwas zu Essen und einige

Dinge wie Zahnpaste, Toilettenpapier und so weiter. Sie hatte zu Hause keine großen Vorräte.

Um nicht völlig verrückt zu werden, hatte sie ihren kleinen Fernseher auf einen Stuhl vor das Bett gestellt, so, dass sie ihn auch im Bett liegend gut sehen konnte. Immer bevor sie sich schlafen legte, stellte sie ihn an, irgendein Programm. Manchmal zappte sie noch durch die Kanäle, aber meistens ließ sie einfach den Kanal laufen, auf den das Gerät vom letzten mal noch eingestellt war. Wenn sie Glück hatte, schlief sie irgendwann ein. Meistens hatte sie kein Glück.

Der Jingel der Nachrichtensendung nervte sie. Sie wollte das Gerät leiser stellen, doch sie fand die Fernbedienung nicht sofort. Als sie schon beschlossen hatte aufzustehen, sah sie plötzlich Kaito. Nein, dachte sie. Das ist doch Quatsch. Aber es war wirklich Kaito. Die Schlagzeile war: „Finanzminister vorläufig festgenommen." Die Stimme der aufgetakelten Nachrichtensprecherin plärrte aus dem kleinen Lautsprecher: „Nach seiner Rückkehr von einem längeren Auslandsaufenthalt wurde heute Finanzminister Kaito Navasaki in einem Tokioer Hotel festgenommen. Die Verhaftung erfolgte zwei Stunden nach dem Beschluss des Parlaments die Immunität des Finanzministers aufzuheben. Staatspräsident Hatschikamasaki hatte bis zuletzt versucht, die Aufhebung der Immunität zu verhindern. Dem Finanzmister wird vorgeworfen, Staatsgelder veruntreut und für die Vergabe öffentlicher Aufträge Bestechungsgelder angenommen zu haben. Außerdem werden ihm Verbindungen zum organisierten Verbrechen nachgesagt."

Yoshiko sackte zusammen. Wie billig war das. Wie wenig entsprach das Kaitos Charakter. Das konnte nicht so sein, dachte sie, das konnte einfach nicht so sein. Sie lag schluchzend auf dem Bett. In was war sie da geraten. Irgendwann musste sie plötzlich an Tamatsokuricho und den See denken. Nichts war so wie es sein sollte. Nichts. Sie rollte sich in die Bettdecke ein und weinte. Erst spät schlief sie ein. Am Morgen stand sie schon um fünf Uhr auf, wusch sich und wusste dann nicht, was sie tun sollte. Es war eine für sie ganz und gar ungewohnte Zeit, aber die Sonne war schon da und sie wollte sich auch nicht noch einmal ins Bett legen. Das Kopfkissen war feucht von ihren Tränen. Es musste erst wieder trocknen.

Sie machte sich Vorwürfe. Sie bekam immer alles so spät mit. Sie war einfach zu naiv, viel zu naiv. Finanzminister, ja, das passte doch. Das erklärte manches. Sie hätte es sich viel früher denken können. Hatte er nicht immer wieder Andeutungen gemacht, Andeutungen, die in diese Richtung gingen? Sie hatte sie nur nicht verstanden. Sie hätte es längst wissen können, ja wissen sollen und wahrscheinlich war er auch davon ausgegangen, dass sie es schon die ganze Zeit gewusst hatte. Eigentlich wäre das das Selbstverständlichere gewesen, nicht ihre unwissende Naivität. Er war eine Person des öffentlichen Lebens. So jemand ging davon aus, dass man ihn kannte, so jemand sprach nicht darüber, schon aus Höflichkeit. Es war doch lästig, wenn man als Prominenter sich immer erst erklären musste.

Ihr fiel ein, dass sie Kaito viel früher schon einmal im Fernsehen gesehen haben musste. Ja. Wie ein heißer Stoß ging es durch ihren Körper als sie sich an die Szene erinnerte. Was war sie doch für ein weltfremdes naives Geschöpf, blind ging sie durch die Welt.

Es war an einem Abend im September, sie war bereits in der Wohnung in der sie sich immer trafen und er verspätete sich. Das kam vor. Sie schaute fern und als er dann endlich kam, rannte sie in den Flur, um ihn zu umarmen. Der Fernseher lief weiter. Normalerweise machte sie das Fernsehen immer aus, wenn Kaito kam, einfach um sich ganz auf ihn konzentrieren zu können, ihn ganz genießen zu können, ganz ohne Ablenkung durch irgendetwas anderes. Sie wollte nicht, dass sich seine Stimme mit dem Ton eines Fernsehers oder eines Radios mischte, sie wollte nicht, dass die Musik seiner Umarmungen von irgendeinem anderen Eindruck durchzogen werden könnte.

Nach der Begrüßung ging er etwas in die Knie, packte sie mit beiden Armen um die Oberschenkel, so dass seine Arme ganz knapp ihren Po berührten und trug sie wie eine Kerze ins Wohnzimmer. „Nein, bitte nicht", hatte sie gesagt, aber das „nein" war ein „ja". Er stand mit dem Rücken zum Fernseher und als er sie sanft absetzte und ihr Kopf über seine Schulter glitt schaute sie auf den Bildschirm und sah ihn, sah den Mann der sie in den Armen hielt. Er ging aus einem Haus, ein Hotel, zwei Limousinen davor und viele Fotografen. Er sah etwas anders aus, so, dass man ihn nur auf den zweiten Blick erkannte. Und sie hatte ihn nicht erkannt, hatte gedacht, dass es ein anderer Mann sei, ein Mann der Kaito ähnlich sehe, ein Schauspieler, ein berühmter Schauspieler sicherlich, deshalb die vielen Fotografen.

Sie mochte es, in Freunden und Bekannten die Gesichter bekannter Schauspieler zu sehen. Und so hatte sie es sich verkniffen, ihm an dem Abend zu sagen, dass er jemandem aus dem Fernsehen ähnlich sehe. Wahrscheinlich war die Ähnlichkeit auch gar nicht so groß, hatte sie damals gedacht. Das helle Licht der Kameras in der nächtlichen Szene, das fast grelle Lächeln auf seinem Gesicht, unnatürlich und mit einer Härte durchzogen, die sie nicht mit Kaito verband. Das machte diesen Mann im Fernsehen fremd. Aber jetzt war sie sich sicher, dass er es gewesen war.

Sie erinnerte sich, wie er sich mit seinen Händen über ihre Schultern den Rücken herunter heran getastet hatte, an die Stelle wo der Verschluss des BHs war und sie schaute dabei immer noch auf den Fernseher und konnte die Bilder nicht deuten. War er es oder war er es nicht? Sie spürte wie er zärtlich nach dem Verschluss des BHs griff, ihn schließlich ungeschickt öffnete, so wie immer, und sah dabei auf dem Bildschirm, wie dieser Mann in eine Limousine stieg. Sie spürte die zärtlichen Hände auf ihrem Rücken und sah auf dem Bildschirm das kalte Lächeln, fast zur Fratze erstarrt. Das konnte nicht der selbe Mann sein, hatte sie damals gedacht und sie hatte die Fernsehbilder beiseitegeschoben wie einen Traum, der einen aufwachen macht, und an den man sich nicht mehr erinnern will, auch wenn sein Nachgeschmack sich noch lange in den Tag hineinzieht, bis man ihn dann doch endlich vergisst.

Die Scheibe der Limousine fuhr nach oben. Das war das letzte Bild in dem Beitrag. Ja, er fuhr immer in Limousinen, großen Limousinen mit schweren Türen. Auch in Frankreich waren sie mit solchen Wagen gefahren. Sie hatte immer gedacht, dass das einfach Ausdruck seines Geschmacks gewesen wäre, aber nein, es waren ganz einfach gepanzerte Fahrzeuge. Die Männer mit den Schirmen waren Bodyguards. Die hatten Arme, die etwas ganz anderes als nur Regenschirme zu halten gewohnt waren. Und dann musste sie an Kaitos Hose denken, die Hose die er damals angehabt hatte. Sie war unten vom Regen bespritzt. Das war natürlich kein Beweis. Natürlich nicht. Es hatte damals den ganzen Tag geregnet in Tokio, nicht nur vor diesem einen Hotel und trotzdem erschien es ihr jetzt, dass das das eigentliche Puzzleteil war, das fehlte, um sie in dem Glauben zu bestärken, dass sie bereits damals hätte wissen müssen wer er war. Die Bodyguards hatten die Schirme nur einfach so in den nächtlichen Himmel gehalten und natürlich war dabei seine Hose bespritzt worden. Soweit hatten die gehaltenen Schirme den Regen doch nicht abhalten können. Kaito war der Mann aus dem Fernsehen.

Sie wollte es sich aufschreiben, einfach so, damit sie es nicht wieder vergessen würde, damit sich nicht die Erinnerung, die sie jetzt hatte und ihre jetzige Interpretation mit dem überlagerte was sie damals gedacht und wie sie es damals interpretiert hatte. Sie wollte genau sein mit ihren Gedanken. Es ging ihr schon ohnehin genug durcheinander. Sie konnte das, was geschah nicht mehr verstehen, aber sie wollte es wenigstens ordnen.

Ihre Schrift war ungleichmäßig. Zitterte sie? Sie konnte sich nicht konzentrieren. Das war doch alles Unsinn. Sie hatte einfach eine zu rege Fantasie. Sie versuchte sich zu konzentrieren und atmete bewusst langsam und gleichmäßig. Wenn ihr jetzt gleich der Gedanke kommen würde, dass ihr schwindelig werden könnte, dann sollte sie sich lieber auf den Boden lege, dachte sie. Sie ging zum Fenster und öffnete es. Sie brauchte einfach frische Luft.

Bildersturm

Sie saß im Kino und merkte, dass sie nicht weinen konnte. Die Handgelenke taten ihr weh. Offensichtlich war der Sturz gestern doch heftiger gewesen als sie gedacht hatte. Sie merkte jetzt, dass sie auch Schmerzen an den Knien und an der rechten Hüfte hatte. Aber das war nicht so schlimm. Wenn es ein normaler Unfall gewesen wäre, dann hätte sie es schnell vergessen, ja, doch der Gesichtsausdruck als er sie von sich stieß, der hatte sie erschreckt. Panik war in ihr ausgebrochen, Angst. Es war das Gefühl, endgültig verlassen zu sein, verlassen von jedem. Das tat ihr mehr weh, als der körperliche Schmerz. War sie nicht mehr attraktiv? Sie war draußen und allein, ganz allein. Auch in diesem Kino.

Neben ihr saß ein Pärchen und knutschte und zwei Reihen vor ihr noch so zwei, die ihr Glück und ihre Lust öffentlich zelebrieren mussten. Sie wollte auch wieder von einem Mann berührt werden, zärtlich. Bei jedem dieser aufgepeppten zickigen Tussen klappte es. Niemand war hier allein. Sie war es. Wer ging denn auch alleine in Kino? Sie, sie war alleine ins Kino gegangen, und es war ein Rettungsversuch, ein Versuch irgendwie unter Menschen zu sein, nicht alleine sein zu müssen mit den in ihrem Kopf hämmernden Gedankenfetzen.

Der Film interessierte sie nicht. Die Bilder konnten sie nicht ablenken. Sie war einfach allein mit ihrer Angst. Sie merkte, dass ihre Lippe zitterte, aber hier konnte das ja niemand sehen.

Nachdem sie durch den Fernsehbeitrag erfahren hatte, was mit Kaito geschehen war und wer er war, wurden ihre Alpträume mit den Verhaftungs- und Verhör-Szenen noch heftiger. Sie dachte, dass nun auch sie bald verhaftet werden würde. Die Bilder rasten in ihrem Kopf. Sie stellte sich das ganz konkret und sehr plastisch vor. Die Angst erzeugte in ihrer Vorstellung einen Eindruck, der schon fast die Qualität von wirklichem Geschehen hatte: Es schellt, dann heißt es „Polizei, sie sind verhaftet." Hände auf den Rücken, die Handschellen rasten ein, mit einem vernehmlichen Klacken und man wird abgeführt. Aber es schellte nicht. Einmal hatte sie sogar kontrolliert, ob die Klingel funktionierte. Sie funktionierte.

Im Flur stand die blaue Tasche. Sie hatte ihre Sachen für das Gefängnis gepackt. Viel konnte man wohl nicht mitnehmen. Sie brauchte auch nicht viel. Auf die Fragen hatte sie sich vorbereitet. Sie würde natürlich verhört werden und sie hatte beschlossen alles so zu sagen, wie es gewesen war. Warum sich noch Geschichten ausdenken. Kaito musste sie nicht schützen. Sie hätte nicht einmal gewusst wie. Sein Schutz war gewesen, dass er sie bei allem was er geschäftlich nannte, außen vor gelassen hatte. Die Hermetik, mit der er seine Welt von der ihrigen abgeschlossen hatte war sein Schutz gewesen. Er hatte das sehr professionell gemacht.

Gegen sie hingegen lagen die meisten Beweise völlig ungeschützt und offen vor. Da war jetzt nichts mehr zu machen. Das Geld im Schrank des Schlafzimmers und auf den drei Konten, sie konnte gar nicht genau sagen wie viel es war, das würde die Polizei schnell zusammengerechnet haben, dachte sie. Dann waren da noch die beiden Häuser, die Kaito für sie gekauft hatte, von ihrem Geld. Sie hatte sie nie gesehen, aber sie wusste die Anschrift und sogar was sie an Mieteinnahmen einbrachten, das ging ja als Buchung der Immobiliengesellschaft monatlich auf ihrem Konto ein. Der Pächter der Bar leistete dann noch eine Sonderzahlung, die direkt an sie ging und, abhängig vom Umsatz, variabel war. Es war eigentlich ganz einfach, eine ganz normale Geldanlage, nur eben, dass das Geld nicht erarbeitet sondern erspielt worden war. Es würde ihr nichts ausmachen, darauf zu verzichten. Es hatte ihr eigentlich nie richtig gehört.

Wirkliche Angst hatte sie vor dem Gefängnis. Das würde nicht schön werden. Es musste fürchterlich sein im Gefängnis. Sie öffnete das Fenster und schaute hinaus. Ob es im Gefängnis wohl ein Fenster geben würde, aus dem man hinaus schauen konnte? Sie machte das Fenster mit einer vorsichtigen Bewegung zu und dachte, dass es vielleicht das letzte Mal gewesen war, dass sie so ein Fenster zumachen konnte. Es war ihr Schicksal, und einem Schicksal musste sie sich ergeben, dachte sie, und nur für einen ganz kleinen Moment war ihr das zu pathetisch. Doch dieses Pathos war das einzige, an dem sie sich festhalten konnte. Wenn jemand da gewesen wäre, mit dem sie darüber hätte sprechen können, wäre ihr das vielleicht bewusst geworden, so aber war es nur ein unklares Gefühl, das sich als ein Stechen unterhalb ihrer Brust einnistete. Die medizinische Versorgung in den Gefängnissen war sicherlich katastrophal. Vielleicht würde sie dort einen Herzinfarkt erleiden und dann daran sterben, weil im Gefängnis die Hilfe zu spät kam. Und niemand würde sich darüber aufregen.

Sie ging zu ihrem Schreibtisch, sucht auf dem kleinen Regal über dem Tisch nach etwas und als sie hinter die Bücher schaute, hatte sie schon vergessen, nach was sie suchen wollte. Sie setzte sich und wartete, dass es ihr wieder einfallen würde. Aber es fiel ihr nicht ein und sie wartete weiter darauf, dass sie verhaftet werden würde. Es konnte nicht mehr lange dauern. Sie sehnte sich nach dem Duft von Blütenblättern, auch die würde es im Gefängnis nicht geben.

Doch sie wurde nicht verhaftet. Und als auch nach vier Wochen noch immer nichts passiert war, als immer noch kein vermummtes Sondereinsatzkommando ihre Wohnung gestürmt hatte und sie auch nicht beim Einkaufen von zwei zivil gekleideten Beamten aufgefordert wurde, ihnen ohne Aufsehen zu erregen zu folgen, da sah sie, dass sie irgendetwas tun musste. Sie konnte nicht einfach nur so in einer Warteposition mit Blick auf das befürchtete Schreckliche leben. Sie schaute auf den Fahnenmast im Hof. An seiner Spitze flatterte eine große weiße Plastiktüte mit rotem Aufdruck. Die hatte sich da verfangen und der Wind, der sie da hinauf gebracht hatte, konnte sie nicht wieder loszerren, so sehr er auch blies.

Durch die Spalten, die der Wind in die Wolkendecke getrieben hatte schien die Sonne. Sie musste daran denken, wie sie einmal im Frühling mit Takumi an die Küste gefahren war, die vom Wind aufgepeitschte Brandung und der salzige Geschmack auf den Lippen. Das Leben spielte draußen sein großes Theater und sie sollte wohl noch dabei sein, draußen, nicht weggeschlossen im Gefängnis. War das ein Zeichen? Sie war fürchterlich abergläubisch. Takumi hatte das nie verstanden. Wie gerne hätte sie jetzt seine Umarmung gespürt.

Am nächsten Tag ging sie in die Sprechstunde ihrer Professorin und sprach mit ihr über die Doktorarbeit. Ihre Nervosität konnte sie kaum unterdrücken. Es war so lange her, dass sie sich das letzte Mal gemeldet hatte und sie hatte auch gar nichts vorzuweisen. In der ganzen Zeit hatte sie nichts gemacht, an der Arbeit, für das Thema. Und das, was sie wirklich gemacht hatte, konnte sie unmöglich erzählen.

Aber es war erstaunlicherweise alles kein Problem. Das war gar nicht so unüblich. Solche Phasen gab es und die Professorin freute sich, ihre begabte Doktorandin wieder zu haben.

Yoshiko lächelte, begann sich sicherer zu fühlen und sprach über das Thema. Eigentlich war es ihr fast egal. Sie musste nur irgendetwas tun. Sie sprach auch über ein Stipendium. Und in dem Moment, wo sie darüber sprach und sich erkundigte, welche Möglichkeiten es gäbe und wen man ansprechen konnte, war sie ganz und gar ernsthaft dabei. Dass sie ein Stipendium gar nicht brauchte lag in dem Moment völlig ausgeblendet ganz im Hintergrund ihres Gedächtnisses. Nur als sie sich enttäuscht zeigen musste, über die großen Hürden und die vielen Schwierigkeiten, da hatte Yoshiko den Eindruck, dass ihre Enttäuschung eine kleine Spur weniger ernsthaft war als notwendig, denn ihr Stipendium lag in ein paar Schuhkartons im Schrank zwischen ihrer Wäsche. Und bis jetzt konnte sie auch noch uneingeschränkt über ihre Konten verfügen.

Als sie aus der Sprechstunde kam, war sie voller Mut und Zuversicht. Sie würde einfach so leben, als sei alles normal. Eine junge Akademikerin, die ihre wissenschaftliche Karriere vorantreibt, unterstützt von ihrer offensichtlich ganz wohlhabenden Familie. Wenn man erfolgreich war, musste man nicht über Geld sprechen. Das ganze war einfach eine Blase, eine dieser vielen kleineren und größeren hohlen Blasen aus denen das Leben bestand. Und immer wieder platzten sie, diese Blasen, dann musste man sich einfach schnell eine Neue suchen. Denn außerhalb einer Blase konnte man nicht lange überleben, als Mensch. Und man konnte glücklich sein, wenn von den zerplatzen Blasen noch einige Fetzen Erinnerung zurückblieben, die man retten konnte in die Blase in der man gerade war.

Gut war, dass sie wieder regelmäßig zu den Doktoranden-Kolloquien ging. Sie hatte einen festen Termin in der Woche und sie musste immer etwas vorbereiten. Sie war ein Arbeitspferd. Was sie brauchte, das war ein fester Rahmen. Früher wäre ihr ein Termin einmal die Woche, der dann das eine oder andere Mal auch noch ausfallen konnte, zu wenig gewesen. Jetzt ging es. Die Angst, verhaftet zu werden, schwand zunehmend.

Vieles normalisierte sich, wenn auch langsam, aber ihr Bedürfnisspektrum begann sich schnell aufzufächern. Das brachte neue Probleme. Was ihr fehlte, war der Kontakt mit Anderen. Sie wäre gerne wieder einmal ausgegangen. Sie konnte nicht den ganzen Tag allein in der Wohnung mit Lernen und Arbeiten verbringen. Eine Weile hatte sie die unbestimmte Angst, verrückt zu werden. Nachts überkamen sie immer wieder die Zuckungen und sie schlief schlecht. Zum Kolloquium war sie dann zum Glück irgendwie immer wieder fit, auch wenn sie meist zu spät kam und dunkle Ringe unter den Augen hatte.

In der Mitte des Semesters sprach die Professorin sie an. Sie suchten noch jemand, der für eine seit längerem erkrankte Doktorandin die fachorientierte Übung übernehmen konnte. Wollte sie das? Sie erbat sich Bedenkzeit bis zur nächsten Woche.

Was sollte sie machen? Zusagen? Konnte sie das überhaupt? Das war Lehre, sie musste vor völlig fremden Leuten stehen, da war sie doch fürchterlich nervös. Zumindest war das früher so gewesen. Sie dachte an die letzten Referate, die sie gehalten hatte. Nein, das ging nicht. Sie würde absagen. Sie ging ins Bad, um sich zu schminken. Bevor sie mit der Professorin telefonierte um abzusagen, wollte sie sich schminken.

Ihr Gesicht war ruhig und gelassen, fast schien es ihr apathisch. Aber als sie sich langsam mit dem dunkelbraunen Kajalstift die Augenlider nachzog, blitzte ihr aus dem Spiegelbild für einen Moment die strahlend selbstbewusste Spielerin entgegen, die sie vor noch gar nicht so langer Zeit gewesen war. Wie weit war das jetzt entfernt, dachte sie. Hatte sie noch etwas von der Kraft, die sie da getragen hatte? Geheimnisvoll und mit wendiger Intelligenz, Überleben im Haifischbecken der Spieler? Natürlich hatte sie nur eine Rolle gespielt. Es war ein reflexartiger Selbstschutz. Sie konnte sich nicht einfach umdrehen und gehen, die Recherchen nach dem anderen Leben Takumis abbrechen. Sie musste weitermachen, auch wenn ihr die Knie gezittert hatten. Aber sie hatte es geschafft. Sie war sogar ziemlich weit gekommen. Sie hatte schließlich sogar mit dem Finanzminister gepokert. Wahrscheinlich waren die anderen Herren Industriebosse, Regierungsmitglieder und Mafiosi gewesen. Eine nette Mischung und sicher nicht die Sorte Menschen in deren Gegenwart ein Weichei bestehen kann. Wie weit war das weg! Jetzt sah sie nur noch das ängstliche Mädchen, die kleine Schülerin, die zittert, wenn sie von der Lehrerin an die Tafel gerufen wird und die Aufgabe vorrechnen soll. Und die Schminke der erwachsenen Frau wirkte lächerlich in dem Gesicht der Ängstlichkeit.

Sie nahm ein Wattestäbchen und wischte die an den Augen gezogenen Linien weg. Nein, sagte sie sich, das geht so nicht. Sie schüttelte den Kopf und ging zum Telefon. Zu ihrem eigenen Erstaunen sagte sie zu. „Ja, ich freue mich darauf", ihre Stimme war etwas leise, aber selbstbewusst wie schon lange nicht mehr. Vorsichtig, als wollte sie verhindern, dass der Hörer beim Auflegen ein zu starkes Geräusch machen könnte, beendete sie das Telefonat. Doch das hatte nichts mit ihrer Entschlossenheit zu tun. Die war zwar immer noch von Unsicherheit durchzogen, aber sie wollte sich nicht mehr ausschließlich von Angst beherrschen lassen. Wenn es schief ging, dann ging es eben schief. Sie atmete tief durch.

Dass sie die Übernahme der Übung zugesagt hatte, beruhigte sie und als sie abends im Bett lag, kam ihr der Gedanke, dass das ängstliche Mädchen vielleicht auch nur eine Rolle war, eine Rolle die man nicht unbedingt spielen musste.

Die Vorbereitung der Veranstaltungen brauchte mehr Zeit als sie gedacht hatte. Das kollidierte mit der Zeit die sie für die Dissertation brauchte. Aber es machte ihr Spaß. Hier hatte sie Leute, die ihr zuhören, die ihr Fragen stellen und für die sie ein Jemand war. Sie war wieder im Leben drin, dachte sie. Und es war ein normales Leben, nicht ein abgehobenes überspanntes und mit den Unwägbarkeiten nicht vorhersehbarer Gefahren gespicktes, wie es das Leben der Spielerin gewesen war.

Unter den Teilnehmern der Übung waren viele internationale Studenten. Es war eine sehr interessante Mischung. Jeder Kontinent war vertreten. Nicht alle sprachen gut japanisch, und so wurden viele Teile auf Englisch gemacht. Auch das war interessant. Sie hatte den Eindruck, dass die Teilnehmer sie sehr mochten. Francis zum Beispiel. „Du bist eine gute Professorin", sagte er immer. Sie lächelte dann meist verlegen und sagte: „Du weißt, dass ich keine Professorin bin." Er lächelte dann auch und das Lächeln gab seinem Gesicht etwas Lebendiges, das es sonst nicht hatte.

Er war Engländer und zunächst schien er alle Klischees, die man gegenüber Engländern haben kann, zu bestätigen. Außer seine Haare, die waren tief schwarz und glänzend. Das erschien ihr recht unenglisch. Sie wusste nicht wie er das mit den Haaren machte. Konnte man Haare so tiefschwarz färben ohne dass sie ihren Glanz verloren?

Nach der Übung kam er oft noch zu ihr, mit einer Frage oder auch der Bitte, eine zu Hause gemachte Aufgabe durchzuschauen. Sie tat das dann immer mit der größten Geduld und Sorgfalt und wenn er einmal nach der Übung nicht zu ihr kam, war sie fast so etwas wie enttäuscht.

Früher hatte sie, wenn zwischen ihr und einem Mann eine Beziehung entstand, sich immer schon im Vorfeld die größten und umständlichsten Gedanken gemacht. Diesmal war das überhaupt nicht der Fall. Und deshalb war sie auch sehr überrascht, als sie ihn am Semesterende, nach der letzten Sitzung, ganz spontan zu einer Tasse Tee einlud. Sie spürte wie ihre Wangen sich spannten, ein Ausdruck von Erstaunen, vielleicht eine Vorstufe von Angst sichtbar wurde und wie durch die kleine Fläche unterhalb ihrer Augen ein winziges Beben ging und erst dann in ihrem Gesicht das Lächeln sich zeigte, das einer solchen Einladung die angemessene Leichtigkeit, ja vielleicht sogar Beiläufigkeit gab, die sie haben musste, um, würde sie nicht angenommen, nicht zu einer unangenehmen oder gar peinlichen Situation zu führen.

Bisher waren es immer die Männer gewesen, die bei ihr die Initiative ergriffen hatten. Sie war sich jedes Mal sicher, dass sie zwar diejenige war, die es zuerst gespürt hatte, ja, aber der Mann hatte dann gehandelt und das, was da vielleicht schon zwischen ihnen war sichtbar gemacht. Hätte jemand sie jetzt gefragt, ob sie in Francis verliebt sei, dann hätte sie das verneint und es wäre ein sehr klares Nein gewesen. Sie wäre gar nicht auf die Idee gekommen, an so etwas auch nur zu denken. Der Teil in ihr, der sie in dieser Sache handeln ließ, war durch irgend eine Art unsichtbare Mauer abgetrennt von dem Teil ihres Selbst, der ihrem Denken zugänglich war. Wenn sie mit Vernunft und Überlegung vorgegangen wäre, hätte sie ganz anders gehandelt und sie hätte sich bestimmt nicht ihn ausgesucht.

Er war noch so jung, viel zu jung für sie auf jeden Fall, und irgendwie sah sie in ihm mehr das Kind als den jungen Mann, der er ohne Zweifel ja bereits war. Aber das Bedürfnis nach Zärtlichkeit und Zuwendung in ihr war zu stark. Sie hatte es hermetisch abgetrennt von dem was sie sich zu denken und zu fühlen erlaubte. Trotzdem war es da, und es pulsierte mit großer Vehemenz inmitten der Membran von Angst und Zurückgezogenheit in der sie sich eingesperrt hatte. Er war in dieser Situation derjenige, der am nächsten an der Außenseite dieser bebenden Membran stand. Es bedurfte nur des Mutes eines tiefen Atemzugs und die Poren der Membran würden sich weiten. Luft würde eindringen durch die entstehenden Öffnungen. Durch diese Öffnungen musste sie greifen, sich festhalten an dem was da draußen war, um sich herauszuziehen aus dem sie erdrückenden Kokon.

Die Membran würde platzen und so musste sie sich mit aller Kraft festhalten, wenn sie nicht fallen wollte. Ihre Arme gingen mit einer ungelenken Bewegung auf ihn zu, so als wolle der Körper nur widerwillig bei dem mit tun, was da aus ihm hervor brach. Sie versuchte ihm mit beiden Armen gleichzeitig um den Hals zu fallen.

Er hatte sie zurückgestoßen, als sie ihn berühren wollte. Wieder sah sie seinen abweisenden Gesichtsausdruck vor sich.

Sie schaute auf die Leinwand, der Film war vorbei, der Abspann lief durch. Sie hatte von dem ganzen Film nichts mitbekommen. Der Vorfall mit Francis war schon drei Tage her, aber selbst hier im Kino legten sich immer noch die Bilder der Erinnerung über die Eindrücke der aktuellen Gegenwart. Sie spürten den Schmerz wieder. In der Heftigkeit mit der er sie von sich stieß, hatte er ihr die nach Hilfe schreiende Verzweiflung ihrer krampfenden Umarmung zurückgegeben. Er wollte sie nicht.

Yoshiko sah wie jemand vom Personal des Kinos durch die Reihen ging und die Abfälle aufhob. Sie stand langsam auf. Sie wollte nicht zusammen mit einer zerdrückten Popkorntüte aufgelesen und zum Gehen aufgefordert werden. Noch konnte sie aus eigenem Antrieb aufstehen.

Hagel

Es folgten einige erstaunlich ruhige Monate. Die Angst legte sich zunehmend. Die Szene mit Francis blieb ohne Folgen. Was in ihren Träumen passierte konnte sie nicht genau sagen. Sie vermutete, dass es heftige Träume waren, aber nur manchmal, ganz kurz nach dem Aufwachen, waren da noch Erinnerungsfetzen. Doch sie hielten sich nicht lange und sie bemühte sich auch nicht, sie zu halten. Nur zweimal in dieser Zeit wachte sie davon auf, dass ihr der auf der Stirn perlende Schweiß in die Augenhöhlen lief. Aber auch da drehte sie sich einfach um und am nächsten Morgen bezog sie das Bett neu.

Sie hatte beschlossen, ihre Angst einfach zu vergessen, sie zu verlegen wie einen alten Einkaufszettel oder ein gelesenes Buch. Die Einkäufe, die auf den Zetteln standen, waren längst erledigt und sie kannte den Inhalt des Buches, sie musste nicht immer wieder neu darin lesen.

Sie konzentrierte sich jetzt ganz auf ihre Arbeit. Das war gut. Die Dissertation nahm Form an, der thematische Rahmen war bereits weitestgehend abgesteckt. Bei der Literatur gab es noch Fragen, aber nichts was unlösbar war. Vielleicht würde sie auch noch einige Wochen ins Labor gehen, um eigene Messwerte zu haben. Dann war sie nicht nur auf fremde Datensätze angewiesen. Sie konnte erfolgreich sein und sie war es. Wenn sie in den Spiegel sah, dann schien ihr ihr Gesicht so entspannt, wie schon lange nicht mehr. Auch ihr Schritt war kräftiger. Sie hatte wieder Energie.

Fast schon vergessen und kaum noch erwartet brach sie dann doch über sie herein, die befürchtete Katastrophe, die Verhaftung. Ganz unvermittelt, aus heiterem Himmel, mit einem riesigen Knall, einer Exposion, zerriss sie das dünne Tuch der Normalität, das sich gerade wie ein behütendes Sonnensegel schützend über Ihrem Leben aufgespannt hatte. Es war wie im Kino, zwei Hubschrauber mit Suchscheinwerfern und das Haus umstellt mit gepanzerten Fahrzeugen. Rauchbomben und Blendgranaten. Schüsse aus Schnellfeuerwaffen. Das hätte jedem Blockbuster zu Ehren gereicht.

Aber es war nicht sie, die in diesem Szenario verhaftet wurde.

Sie war auf einer Feier gewesen, eingeladen von ihrer Professorin. Eine kleine Party, die diese aus Anlass der Verabschiedung eines italienischen Kollegen gegeben hatte. Yoshiko hatte fast den ganzen Abend Italienisch gesprochen und war erstaunt, wie schnell sie in das Sprechen dieser Sprache hinein kam, die sie doch nur per Lektüre gelernt hatte. Es war noch gar nicht so spät und sie war mit der U-Bahn gefahren. Für das Stück von der U-Bahn-Station zu ihrer Wohnung hatte sie ein Taxi genommen, das sie wie üblich zwei Straßen vor ihrer Wohnung hatte halten lassen wollen. Aber sie kamen gar nicht so weit. Verkehrspolizisten bedeuteten dem Fahrer weiter zu fahren. „Hier können sie nicht rein", sagte der junge Uniformierte, „Polizeiaktion!" Der Fahrer fuhr weiter, in der Luft war das Geräusch der Hubschrauber und die Zufahrt zu ihrer Straße war mit einem quer stehenden gepanzerten Fahrzeug abgesperrt.

„Eigentlich wohne ich hier", sagte sie zum Taxifahrer ohne sich darüber im Klaren zu sein, dass es in dieser Situation vielleicht gar nicht so klug war das so zu sagen. Doch dem Taxifahrer war das völlig egal. Er hielt, sie drückte ihm zwei 500 Yen Münzen in die Hand und stieg aus. Wahrscheinlich hatte der gar nicht verstanden was sie meinte.

Einige Schaulustige standen am Straßenrand. Ein älterer Mann fiel ihr auf, er hatte zwei Kinder an der Hand, einen kleineren Jungen und ein größeres Mädchen. Das Mädchen weinte und der alte Mann versuchte das Mädchen zu beruhigen. Es ging um ein Spielzeug.

Sie schaute, ob es eine Möglichkeit gab zu ihrer Wohnung zu kommen, aber es ging nicht. Die Polizeiaktion schien direkt in dem Wohnblock stattzufinden, in dem ihr Apartment war. Erst jetzt kam sie auf die Idee, dass die Polizeiaktion etwas mit ihr zu tun haben könnte. Sie überlegte, in die Stadt zu fahren. Vielleicht war das ein Wink des Himmels. Die Verhaftung fand genau in dem Moment statt, in dem sie nicht in ihrer Wohnung war. Die schon vergessen geglaubte Angst der vergangenen Monate kam schlagartig wieder in ihr hoch. Sie wollte rennen, aber das wäre zu auffällig gewesen, also ging sie langsam. Sie hatte sich noch gut im Griff. Zwei Ecken weiter war ein kleiner Imbiss, der hatte auch um diese Zeit noch auf. Sie bestellte ein Schälchen warme Sake. Das würde sich schon mit dem italienischen Wein vertragen. Sie hatte ja nur zwei Gläser getrunken. Sie brauchte das jetzt. Die warme Sake beruhigte sie ein wenig.

Sie schaute auf die Uhr. Ewig konnte sie auch hier nicht sitzen bleiben.

Am Tisch gegenüber unterhielten sie zwei Männer. Sie sprachen über die Polizeiaktion. Wahrscheinlich würde in einigen Stunden die ganze Stadt darüber sprechen. Sie hatte keine Chance. In der Wohnung waren alle Beweise, sie würde zur Fahndung ausgeschrieben, ihre Konten gesperrt. Sie kannte niemanden der sie verstecken könnte, niemandem bei dem sie Unterschlupf finden würde. Sie war keine Überlebenskünstlerin. Sie würde sich stellen. Das Spiel war vorbei. Sie zahlte und ging langsam, mit gesenktem Kopf in Richtung Wohnung. Das waren also ihre letzten Schritte in Freiheit, dachte sie.

Erst als sie schon fast unmittelbar vor ihrem Haus stand, fiel ihr auf, dass die Polizei abgezogen war, in der Luft kein Hubschrauber mehr und keine gesperrte Straße. Sie war ganz unbehelligt bis zu dem Haus gekommen in dem sie ihre kleine Wohnung hatte. Sie schaute sich um: Nirgendwo war ein Polizist zu sehen.

Sie ging ins Haus. Irgendwie wollten Ihre Beine nicht richtig gehen, ihr schienen die Füße schwer wie Blei, aber sie ging weiter. Was sollte sie auch tun. Es gab hier nicht einmal etwas vor dem man wegrennen konnte.

Der Haustür sah man an, dass sie mit Hast und gewaltsam geöffnet worden war. Im Hausflur roch es seltsam beißend, ein bisschen nach Silvesterfeuerwerk, zumindest war das ihre Assoziation. Sie nahm nicht wie üblich den Aufzug, sondern ging langsam die Treppen hoch. Als sie im sechsten Stock angekommen war, öffnete sie vorsichtig die Tür zum Etagenflur. War da jemand? Sie lauschte in den langen dunklen Flur. Das Fenster am Ende des Flurs war offen, spärlich drang Licht von der Straßenbeleuchtung durch das Fenster. Vor dem Fenster stand jemand, eine kleine Frau, das konnte Yoshiko trotz der Dunkelheit sehen. Aber es war nicht zu erkennen, wer die kleine Frau war. Eine Nachbarin? Sie schob mit der einen Hand einen Kinderwagen hin und her, mit der anderen Hand hielt sie eine Zigarette, an der sie ab und zu hastig zog. Yoshiko sah wie der glimmende Punkt in der Dunkelheit zitterte.

Yoshiko kannte nicht alle Nachbarn im Haus, selbst von den Mietern der Apartments auf ihrer Etage kannte sie nur zwei mit Namen, die anderen grüßte sie einfach nur mit einem Nicken. Manchmal war sie sich nicht einmal sicher, ob es nicht Besuch war, den sie da anlächelte. Dass eine Frau mit einem Kind auf ihrem Flur wohnte, hatte sie bisher nicht bemerkt. So etwas hätte ihr doch eigentlich auffallen müssen. Aber das war jetzt auch ziemlich egal. Sie wollte sich leise und unauffällig zu ihrem Apartment schleichen, deshalb verzichtete sie darauf, den Lichtschalter zu betätigen. Sie konnte ganz gut im Dunklen gehen. Vielleicht hatte die Polizei ja ihr Apartment nicht ganz ausgeräumt. Ein paar persönliche Sachen zusammenpacken, dann würde sie sich stellen. Vielleicht konnte sie ja auch noch eine Nacht in ihrem eigenen Bett schlafen. Sie würde die aufgebrochene Tür einfach mit dem Schrank verbarrikadieren.

Als sie in der Mitte des Flurs angekommen war, und sie nur noch an zwei Türen vorbei musste, um zu ihrem Apartment zu kommen, bemerkte die Frau Yoshiko und schrie. Es war ein hoher, spitzer Schrei, kurz und abrupt abbrechend, so als habe der Frau jemand die Hand vor den Mund gehalten, um den Schrei zu ersticken. Yoshiko erschrak und stolperte in der Dunkelheit, sie fing sich gerade noch, musste sich aber mit den Händen an der Wand festhalten. Dabei riss sie den Feuerlöscher herunter, der da hing. Es schepperte dumpf. Sie tastete sich weiter an der Wand entlang. Da war ein Lichtschalter.

Obwohl es nur ein paar flackernde Neonröhren waren, war das plötzliche Licht im Flur für Yoshikos auf die Dunkelheit eingestellten Augen viel zu grell. Die Frau kam auf sie zu. Sie war viel größer als Yoshiko es in der Dunkelheit vermutet hatte. Ihre Bewegungen hatten etwas Hektisches. Yoshiko wollte schreien, konnte es aber nicht.

„Alles okay", fragte die Frau. Sie hatte einen Akzent den Yoshiko nicht zuordnen konnte.

„Ja, alles okay", antwortete Yoshiko mechanisch. Und schaute am Gesicht der Frau vorbei. Sie wollte kein Gespräch anfangen.

„Diese scheiß Bullen, alles haben sie kaputt geschlagen", die Frau schimpfte ohne weiter auf Yoshiko zu achten. Das Kind im Kinderwagen, der immer noch am Ende des Flurs vor dem Fenster stand, schrie.

„Da haben sie dieses kleine Mädchen verhaftet, mit einem vermummten Sondereinsatzkomando, wir sind doch nicht in Chicago", die Frau schimpfte in einem fort, „eine kleine Studentin verhaften die mit so einem brachialen Einsatz." Die Frau imitierte mit der Geschicklichkeit eines zwar geübten, aber nicht mehr ganz nüchternen Break-Dancers die Bewegungen der Einsatzkräfte. Sie trat ein paar Mal mit dem Fuß in die Luft, gegen eine dort nicht vorhandene Tür. „Peng, peng, knall", machte sie das Geräusch der Waffen nach. Sie spuckte auf die Polizeisiegel, die an der eingeschlagenen Tür angebracht waren. Es war die andere Seite des Flurs, die Tür zu der Wohnung, die Yoshikos Wohnung direkt gegenüber lag.

Yoshiko konnte es nicht verstehen. Es war nicht ihr Apartment, das gestürmt worden war. Das gab es doch nicht. Konnte das sein? Sie wollte so schnell wie möglich dieser gespenstischen Szene entkommen. Den Schlüssel fand sie nicht sofort, aber es dauerte nicht viel länger als sonst auch, wenn sie von der Uni kam und wieder einmal nicht wusste, in welcher Tasche der Jacke der Schlüssel war.

Die Wohnung war unangerührt. Sie ließ sich im Schlafzimmer aufs Bett fallen und merkte erst jetzt wie sehr sie am ganzen Körper zitterte. Ihr Mund war trocken. Etwas Wasser wäre jetzt gut gewesen. Aber sie hatte nicht die Kraft aufzustehen. Neben dem Bett stand noch eine Flasche. Doch die war fast leer. Das abgestandene Wasser aus der Plastikflasche schmeckte fade und reichte kaum, um die ausgetrockneten Schleimhäute der Mundhöhle zu befeuchten.

Richteraugen

Es ging nicht mehr mit dem Verdrängen. Sie konnte nicht einfach ihre Vergangenheit, das Gewesene, ihre Angst die da war, das Zittern und das Zucken beiseiteschieben. Aber sie konnte sich auch nicht einfach der Polizei stellen.

Sie war sogar einmal, mit der Absicht sich selber anzuzeigen, auf der Polizeistation gewesen. Hatte in der ersten Etage auf den harten Holzbänken im Vorraum gesessen, und dann in einem zweiten Raum auf zwei kleinen Stühlen mit Sitzflächen aus gelochtem Blech gewartet, dass sie an die Reihe käme.

Das waren Stühle für Verbrecher. Strafmandate und Handtaschendiebstähle, darum ging es hier. Kleinkriminelle deren Vergehen in Formulare auf einem flimmernden, ausgeglühten Kathodenstrahlbildschirm getippt wurden. Es roch nach Armut. Dann zwei Touristen, sie sprachen leidlich gut Englisch in ihrer Aufregung, aber der Polizist verstand sie trotzdem nicht. Beschämend für eine internationale Stadt wie Tokio. Sie schaute zu und konnte nicht eingreifen, sie war einfach gelähmt von der ganzen Atmosphäre.

Schräg gegenüber auf der Wand hing ein Fahndungsplakat. Ihr Puls ging hoch. Sie traute sich zunächst gar nicht auf das Plakat zu schauen. Aber sie war nicht darauf. Warum auch, ging es ihr dann durch den Kopf? War das überhaupt illegal, was sie getan hatte? Vielleicht war sie ja nur ein unbedeutender Teil von Kaitos Freizeitvergnügen gewesen. Sie wusste ja nicht einmal wirklich warum er verhaftet worden war. Was sollte der Polizist in das Formular schreiben? Dass sie die Geliebte eines verhafteten Ministers war? Dafür gab es wohl kein Kästchen in das man ein Häkchen machen konnte. Noch bevor man sie aufrief war sie wieder nach Hause gegangen. Die Straße schien ihr leer, das Wetter schlecht. Niemandem fiel ihr trauriges Gesicht und der nach unten gesenkte Blick auf.

Sie musste etwas tun. Es war fast egal was sie tat, aber es musst etwas geschehen.

Sie räumte die Wohnung um. Im Schlafzimmer lackierte sie Schrank, Beistellschrank und Bettgestell neu. Für die Türen des großen Schranks hatte sie Seide gekauft. Der Stoff war teuer gewesen, aber er hatte ein außergewöhnlich schönes chinesisches Webmuster. Vorsichtig schnitt sie sich Stoffbahnen mit dem Muster aus kleinen roten und goldenen Drachenköpfen zu. Sie klebte sie in die Füllungen auf der Innenseite der Tür. Zuvor hatte sie hier einen Großteil der sorgfältig in kleine selbst gefaltete Tütchen aus Seidenpapier verpackten Dollarnoten eingeklebt. Den verbleibenden Teil des Geldes tauschte sie in den kommenden Wochen bei unterschiedlichen Banken in Yen um und trug fortan die Scheine in einem flachen Stoffgürtel unter der Kleidung.

Sie strich die kleine Küche in einem kräftigen Grün, eine Farbe die sie früher für unmöglich gehalten hätte. Auch die zwei Stühle und der Hocker wurden grün gestrichen. Sie kaufte neue Gardinen, die ein ähnliches Muster hatten wie der Stoff, den sie in den Schranktüren verklebt hatte. Sie mochte diese Art Muster. Selbst an den Anschluss einer neuen Deckenlampe wagte sie sich. Als sie über den Flur ging, um den Sicherungskasten zu suchen und den Strom abzustellen, kamen ihr wieder die Bilder von der rauchenden Frau mit dem Kinderwagen in den Sinn. Es roch immer noch nach dem Polizeieinsatz, auch wenn die Schäden an Wänden und Türen längst behoben waren.

Nach drei Wochen war ihr Apartment nicht mehr wiederzuerkennen. Alles war frisch gestrichen und der Fußboden glänzte. Sie hatte die Regale mit den Büchern an die gegenüberliegende Wand gestellt, und vor dem Fenster stand jetzt ein Blumenarrangement. Das hätte ihrer Mutter gefallen.

Es hatte nicht so weiter gehen können wie bisher. Je mehr sie in ihrer Wohnung veränderte, desto mehr spürte sie das. Sie hatte immer darauf gewartet, dass die Veränderung von außen käme, aber es war sie, die handeln musste. Sie begann ihre Lebensweise zu ändern. Sie stand morgens früh auf und, bevor sie zur Uni ging, las sie im Internet die aktuellen Meldungen der Tageszeitungen und der großen Fernsehstationen. Das dauerte meist so dreißig bis vierzig Minuten. Sie hatte beschlossen sich für Politik und Zeitgeschehen zu interessieren.

Besonders interessierten sie Reportagen über Gerichtsprozesse. Dabei war sie nicht wählerisch. Die Meldungen über verurteilte Kleinkriminelle las sie genauso wie die Berichte über Korruption und die großen Wirtschaftsdelikte. Aber auch Prozesse über Drogen- und Gewaltverbrechen ließ sie nicht aus. Immer wieder suchte sie dabei nach dem Namen der verhafteten Nachbarin. Aber sie fand ihn nicht. Bei vielen Prozessberichten wurden nur die Vornamen oder Kürzel der Vornamen erwähnt. Vielleicht war es auch nie zu einem Prozess gegen die Nachbarin gekommen und sie lebte schon längst wieder in Freiheit. Wahrscheinlich hatte sie sich einfach eine andere Wohnung genommen oder war in eine andere Stadt gezogen. Das wäre wahrscheinlich sowieso das vernünftigste gewesen.

Yoshiko dachte manchmal immer noch, dass es eigentlich sie gewesen war, die hätte verhaftet werden sollen. Dann packte sie vorsichtig auf den Gürtel mit dem eingenähten Geld. Das beruhigte sie. Einige Male hatte sie in der U-Bahn geübt so zu tun, als steige sie gleich in eine Linie ein, um dann ganz im letzten Moment schnell in einen Wagen zu springen, der in die entgegengesetzte Richtung fuhr. Sie versuchte sich einzureden, dass das nur eine Art Spiel war, doch sie wusste schon, dass es eigentlich nicht mehr ganz normal war. Aber den Lebensunterhalt von zwei Jahren eingenäht in einem Gürtel unter der Kleidung zu tragen war auch nicht normal. Wenn sie nachts nicht schlafen konnte, versuchte sie sich vorzustellen, Takumi läge neben ihr.

Aber das machte die Sache dann meist nur noch schlimmer. Nichts mehr war normal seit dem Tag an dem er gestorben war, an dem Ort der ihr der wichtigste war, in ihrem Leben. Sie atmete tief durch und manchmal half das und sie schlief ein. Sie wollte leben.

Der Prozess gegen Kaito begann fast auf den Tag genau sechs Monate nach seiner Verhaftung. Die Medien stürzten sich auf das Ereignis. In den nächsten Wochen gab es keine Nachrichtensendung und keine Zeitung, die nicht täglich ausführlich über den Prozess und seine Hintergründe berichtete. Yoshiko las alles was sie bekommen konnte. Sie legte auf ihrem Computer einen Ordner an, in dem sie alle Links und Texte sammelte.

Das Video von der Reportage über den Prozessauftakt schaute sie sich immer und immer wieder an. Die Datei war für sie so etwas wie eine Reliquie, etwas Greifbares in der großen Wüste des Unbegreiflichen. Kaito war nur in einer Sequenz von knapp vier Sekunden zu sehen. Er kam in den Gerichtssaal, noch mit Handschellen und begleitet von zwei Justizbeamten. Die Kamera fuhr in einem schnellen Zoom direkt in sein Gesicht. Dann ein harter Schnitt und eine Totale von der Außenansicht des Gerichtsgebäudes. Das Gerichtsgebäude kam ihr immer viel zu schnell. Sie hätte gerne länger Kaitos Gesicht gesehen.

Kaito wirkte auf den Bilder mager, etwas müde, aber seine Augen hatte immer noch die ungebrochene Strahlkraft des Machers. Sein Wille war nicht gebrochen. Sie sah in seinen Augen die Sicherheit des Siegers, die sie auch immer bei ihm gesehen hatte, wenn er am Spieltisch saß, und gerade einmal eine Phase hatte in der er verlor. Das Verlieren hatte nie lange gedauert. Der Prozess würde länger dauern. Hatte er die Kondition ihn durchzuhalten? Sie war sich nicht sicher.

Für die Presse war seine Schuld klar, die Beweiskette fast lückenlos. Die vielen Widersprüchlichkeiten und Ungereimtheiten wurden geflissentlich ignoriert. Die Staatsanwaltschaft hatte gründlich ermittelt und eine überzeugende Anklageschrift vorgelegt. Da waren sich fast alle Journalisten einig. Ein Parteisekretär und auch eine Reihe von Mitarbeitern aus Kaitos Ministerium traten als Zeugen auf. Ihnen hatte die Staatsanwaltschaft als Gegenleistung für die Aussage Straffreiheit zugesagt. Ihre Geständnisse belasteten Kaito und passten wie Puzzlesteine genau in das von der Staatsanwaltschaft gezeichnete Bild. Ihre Aussagen waren für Yoshiko absolut unglaubwürdig. Sie wusste wie Kaito dachte und wie er vorging. Die Aussagen waren konstruiert und auswendig gelernte Texte. Sie wusste nicht wie in einem Ministerium gearbeitet wurde, aber Kaito war nicht so naiv strukturiert wie diese Aussagen es glauben machen wollten. Nein, das war völliger Unsinn. Warum fragte der Verteidiger nicht einmal kritisch nach? Yoshiko war sich sicher, bereits eine kritische Frage hätte die falschen Zeugen aus dem Konzept gebracht. Sie verstand die Strategie des Verteidigers nicht.

Der Richter war noch recht jung, galt aber bei Korruptionsprozessen bereits als sehr erfahren. Wenn Yoshiko abends die Bilder vom Prozess sah, dann fiel ihr immer wieder der scheue, irritierte Blick des Richters auf. In den Reportagen zeigte die Kamera manchmal eine Einstellung, wie er zum Staatsanwalt, oder zum Angeklagten schaute, nur kurz von seinen Akten aufblickend, fast so als suchte er in dem Gesicht in das er schaute eine Bestätigung für das, was er da gerade gelesen hatte.

Der Prozess war auf neun Verhandlungstage angesetzt. In der zweiten Woche, unmittelbar nach dem dritten Verhandlungstag gab es in einer der großen Wochenzeitschriften ein Plädoyer für die Unschuld Kaitos. Die Autorin stellte sich gegen die vorherrschende Meinung. Sie sah Kaito als Opfer eines von den Medien unterstützten Komplotts des Parteivorstands, der einen engagierten Minister und Querdenker loswerden wollte.

Vieles in dem Artikel erschien Yoshiko durchaus plausibel. Vor allem hatte auch sie den Eindruck, dass die Kaito von der Anklage zur Last gelegten Punkte an den Haaren herbei gezogen waren. Trotzdem war sie sich sicher, dass Kaito kein Unschuldslamm war. Ganz im Gegenteil, je mehr sie über den Prozess las, desto mehr dachte sie, dass er da vielleicht zwei oder drei ganz andere und viel größere Geschichten laufen hatte. Einige Telefonate und auch einige seiner Kontakte erschienen ihr jetzt in einem anderen Licht. Doch das würde wohl nie herauskommen. Sie nahm sich vor ihn danach zu fragen, wenn sie die Gelegenheit bekommen würde mit ihm sprechen zu können.

Zusammen mit Kaito war eine junge Frau angeklagt. Sie wurde in den Medien Hitomi genannt. Ihr Alter wurde in den Texten immer mit Mitte Zwanzig angegeben. Neben Kaito war sie die entscheidende Figur in dem Skandal. Es gab keine Bilder von ihr. Da sie keine Person des öffentlichen Lebens war, griffen bei ihr die verschärften Vorschriften zum Schutz des Persönlichkeitsrechts.

Manchmal dachte Yoshiko, dass diese Hitomi die verhaftete Nachbarin war. Dann aber wieder fand sie, dass das, was da über die junge Frau geschrieben stand ganz und gar nicht zu dem passte, was sie über die Nachbarin wusste. Hitomi konnte nicht die Nachbarin sein. Auf der anderen Seite, was konnte einer der Mitbewohner vom Flur gegenüber schon wissen? Wie wäre das bei ihr gewesen? Da wusste auch niemand etwas von den Dollarnoten und dem Spiel, ihrem zweiten Leben. Sie musste an Takumi denken, auch bei ihm war das so. Selbst sie hatte doch erst nach seinem Tod von seinem zweiten Leben erfahren. Es war manchmal sehr wenig, was man über seine Mitmenschen wusste.

Aber so sehr sie sich auch bemühte nicht so zu denken, ihr kam immer wieder der Gedanke, dass eigentlich sie Hitomi war, dass einfach die Falsche verhaftet worden war, dass man der Unschuldigen bei der Vernehmung nicht geglaubt hatte. Und wenn sie las, dass die Anklage feststellte, dass Hitomi sehr perfekt ihre Spuren verwischt hätte, dann dachte Yoshiko, dass die Polizei einfach die rechte mit der linken Seite des Flurs verwechselt hatte. Aber Hitomi hatte ein Geständnis abgelegt. Ob es echt war, konnte Yoshiko nicht sagen. Das Geständnis war der Anklage sehr ähnlich und brachte keine neuen Fakten zu Tage. Doch das musste nichts heißen.

Yoshiko stand an der U-Bahnstation des Gerichts. Sie war ausgestiegen. Täglich fuhr sie hier durch, jedes Mal dachte sie an den Prozess, aber heute war sie ausgestiegen. Sie fuhr die Rolltreppen hinauf. Heute war gar kein Verhandlungstag. Sie setzte sich auf eine Bank. „Konnte man eigentlich einfach so zum Prozess gehen?", fragte sie sich. Wie würde Kaito reagieren, wenn er sie im Gerichtssaal sähe. „Wir werden uns eine Weile nicht sehen", hatte er bei ihrer Verabschiedung gesagt. War das einfach nur ein Trost, oder hieß das, dass er wusste oder plante, wann sie sich wiedersehen würden, wann sie sich wiedersehen konnten? Auf jeden Fall hieß es doch, dass er sie wiedersehen wollte. Wollte sie ihn wiedersehen? Kreisten ihre Gedanken eigentlich die ganze Zeit um ihn oder um das, was sie als ihren Anteil an der Geschichte verstand? Und dann war da die Frage, was sie eigentlich wollte? Sie wusste es nicht.

Bibliothek

Sie stand auf der Straße und wartet, dass die Ampel den Überweg freigeben würde. Es war kalt, viel zu früh war es kalt geworden und der gewohnte Weg zur Arbeit begann ihr mühsam zu werden. Sie mochte das nicht, die Kälte. Sie würde morgen die Handschuhe nehmen müssen und vielleicht auch schon wieder eine Mütze. Hatte sie die Mütze vom letzten Winter noch in der Tasche, oder lag sie im Schrank? Sie dachte, dass sie eigentlich die Mütze waschen müsste, bevor sie sie wieder anziehen könnte. Sie wollte in die Tasche ihres Mantels greifen, aber als sie gerade an dem Reißverschluss zog und der nicht sofort aufgehen wollte, wurde es grün und sie ging im Strom der sich in Bewegung setzenden Passanten mit.

Im Büro startete sie ihren Computer, sie schaute auf den Bildschirm und dachte an den kommenden Winter. Sie stand auf, wollte schauen, ob die Mütze im Mantel war, aber bevor sie zum Schrank gehen konnte, wo der Mantel hing, schellte das Telefon.

Der Computer hatte immer noch nicht gebootet, irgendein Netzwerkfehler, so wie schon seit drei Wochen. Die Kollegen aus der IT-Abteilung fanden das Problem nicht. Sie machte sich auf einem Zettel eine Notiz zum

Telefonat. Es ging um zwei Bücher. Sie war sich sicher, dass die beiden Bände bestellt worden waren, aber sie waren nachweislich nicht im Präsenzbestand. Sie würde nachfragen, ob beim Einpflegen der Neubestellungen etwas schief gegangen war. Wahrscheinlich lagen die Bücher einfach noch auf einem Schreibtisch, bei einer der Hilfskräfte. Sie war ärgerlich. Das war wirklich nicht ihre Aufgabe, der Anruf hätte gar nicht zu ihr durchgestellt werden dürfen. Es war noch früh, das Sekretariat war noch nicht besetzt. Da passierte so etwas.

Ihr kam wieder einmal der Gedanke, dass es an ihr lag, dass so etwas passierte. Sie hatte immer noch den Eindruck, dass sie mit dem Job hier überfordert war, obwohl sie von allen Seiten nur positive Rückmeldungen bekam. Natürlich gab es auch die kleinen Nörgler, die, die es überall gab und die man zwar im Auge behalten, aber nicht ernst nehmen musste. Das hatte sie inzwischen gelernt.

Sie war sehr akzeptiert, und ernsthaft stellte ihre Autorität niemand in Frage. Selbst, dass sie nicht Bibliothekswissenschaften studiert hatte, war nie ein Thema.

Trotzdem: Manchmal dachte sie, dass sie, nur weil sie Bücher liebte, ja noch nicht die Fähigkeiten hatte, eine Bibliothek zu leiten. Das waren zwar alles nicht sachlich begründete Zweifel, und es gab auch keine Situationen, die der Grund für solche Zweifel hätten sein können, nein, in allem was sie tat zeigte sich, dass sie die Fähigkeiten hatte. Aber wenn ihr das bewusst wurde, erstaunte sie das so sehr, dass sie es wieder in Zweifel zu ziehen begann. Und natürlich war sie nicht in allen Aufgabenfeldern gleichermaßen sicher. Personalführung, zum Beispiel, das lag ihr nicht so; deshalb passierten auch solch Sachen wie mit dem Anruf, aber ansonsten lief es gut, es konnte eigentlich nicht besser laufen. Sie musste lachen.

Durch Zufall hatte sie diesen Job bekommen, hatte zunächst ein halbes Jahr als stellvertretende Leiterin gearbeitet und war dann, als die Chefin ausschied, gefragt worden, ob sie die Position übernehmen wollte. Sie hatte ja gesagt, natürlich. So ein Glück konnte man nur einmal haben. Eine sichere Position an der Uni, Vollzeit und unbefristet. Das gab es heute nicht mehr so oft. Da begann sich ein Teil ihres Lebens zu organisieren. Dem würde sie sich nicht entgegenstellen.

Ihr privates Leben war trotzdem weiter von Provisorien durchzogen. Die Wohnung in der sie wohnte, war ihre Studenten Wohnung, renoviert zwar, aber das war auch schon lange her. Manchmal, wenn sie den lackierten Schrank im Schlafzimmer öffnete, schaute sie auf die säuberlich ausgeklebten Türfüllungen und fragte sich, ob sie das dort verborgene Geld noch einmal hervorholen würde. Das rote Kleid hing da, und in dem glänzenden schwarzen Karton darunter lagen die Schuhe. Fein säuberlich arrangiert war das Ensemble, und einmal die Woche staubte sie es mit einem kleinen Staubwedel, den sie nur dafür benutzte, ab. Das Arrangement hatte etwas Museales. Es war eine Erinnerungskomposition, nicht etwas was noch benutzt wurde. Sie fragte sich manchmal, woran es sie noch erinnerte. Wenn sie es genau betrachtete, war es zunehmend die Erinnerung an das Erinnern des Erinnerten; feine Scheiben aus dem immer mehr verschwindenden Kontinuum ihrer vor ihr verblassenden Vergangenheit, die sich nur deshalb am Leben hielten, weil sie immer wieder neu kopiert wurden. Das Original war schon lange verschwunden.

Sie strich mit den Fingerspitzen über den Stoff des Kleides, hob den Ärmelsaum hoch und versuchte vorsichtig den Duft einzuatmen, der in dem Stoff war. Doch das Kleid roch vor allem nach dem Lack des Schrankes und der Stoff hatte viel von seinen Glanz verloren. Eigentlich war es gar nicht mehr das Kleid, das es damals gewesen war. Es erinnerte nur noch daran. Sie schloss den Schrank. Sie musste noch den Teppichboden im Flur saugen. Sie hatte sich in der letzten Woche einen neuen Staubsauger gekauft, und sie hatte darauf geachtet, ein Modell zu kaufen, das sich nicht zu sehr von dem alten Gerät unterschied.

Es war auch noch das Fenster zu putzen. Sie machte das jetzt alle zwei Wochen und wunderte sich, dass das ging. Es war so viel in ihrem Leben so normal geworden. Nur in bestimmten Augenblicken noch tobte in ihr, aus einem sich ohne Vorwarnung öffnenden Abgrund, loderndes Chaos. Von einem auf den anderen Augenblick konnte das passieren, und wenn es sie traf in einem Augenblick in dem sie alleine war, dann warf es sie fast vollständig aus der Bahn. Aber sie hatte versucht möglichst viele Teile ihres Tagesablaufes mit Routine zu regeln, gleichmäßige Verrichtungen, die ihr Halt gaben. Meistens funktionierte das. Nur an den Abenden, wenn sie allein war in ihrer Wohnung, dann war sie noch da, die gefahrvoll unsichere, aber auch offene Welt aus der Zeit von Takumi und Kaito.

Und wenn nach so einem Ausbruch die vibrierende Angst langsam verschwand, dann stieg in ihr manchmal der Gedanke auf, wie seltsam es doch war, dass ihr Leben jetzt an so vielen Stellen in so äußerlich sicheren Bahnen verlief. Die Ausbrüche verloren in der Erinnerung dadurch viel von ihrer existentiell bedrohlichen Gefährlichkeit. Aber sie spürte auch eine gegenläufige Sehnsucht und fand den Zustand nicht als ausschließlich positiv. Stumpf war ihr Leben, langweilig und unbedeutend. Sie hätte nie gedacht, dass es so kommen könnte. Sie war immer davon ausgegangen, dass ihr Leben dramatisch und in einer Katastrophe enden würde.

Wenn sie abends, allein zu Hause nach der Arbeit, die alte Angst durchzuckte, dann war manchmal bei dem stechenden Schmerz auch der Beigeschmack einer sanft bitteren Erinnerung an eine Vergangenheit, die nicht unbedingt schön, aber doch bekannt und zu einem gehörig war, und in der zu sein eine wärmende Vertrautheit erzeugte, die sich so gar nicht mit der Fürchterlichkeit des abgrundtiefen Schreckens vertragen wollte, dem sie entsprang.

Und dann war da immer wieder der Gedanke, dass es so und auf Dauer nicht weiter gehen konnte. Aber es ging schon lange so weiter, ein Tag reihte sich an den anderen. Eine ununterbrochene Kette in der sich die Spur ihres Lebens zog. Wie viele Tage würden noch kommen und sich zu aneinandergereihten Jahren stapeln?

Aber das waren alles Illusionen, unnütze Gedanken. Jeder Tag konnte der letzte sein. Ein Unglück, und es war passiert. Das konnte man nie wissen. Sie stellte den Staubsauger ab und suchte den Briefumschlag mit dem Schlüssel von Takumis Wohnung. Zunächst fand sie ihn nicht. Das machte sie einen Moment panisch. Die Welt geriet so schnell aus der sicheren Ordnung in der sie sie gerade noch wähnte. Sie hatte Schweiß auf der Stirn. Dann fand sie den Umschlag. Ihn in der Hand zu halten beruhigte sie. Takumi. Sie war schon sehr lange nicht mehr in Takumis Wohnung gewesen. Sehr lange. Gab es sie noch? Sie musste dorthin. Unbedingt.

Auf dem Weg wurde ihr bewusst, wie unvollständig sie sich fühlte, ihr fehlte ein Gegenüber, ein Partner, ja eigentlich brauchte sie ganz klassisch einfach einen Mann. Und es war das erste Mal, dass ihre Erinnerung an Takumi nicht ungebrochen und vollständig verklärt und nur voll von trauriger Sehnsucht war. Vielleicht wäre er auf Dauer gar kein so guter Lebenspartner gewesen, ging es ihr durch den Kopf. Und auch wenn sie den Gedanken nicht mochte, ihn fort scheuchen wollte, so war darin doch auch eine gewisse Spur von Erleichterung, vielleicht sogar Aufklärung. Ja es schien ihr so, als klärte sich in ihrem Inneren etwas auf und sie hatte die Hoffnung, dass sie vielleicht in Zukunft ganz einfach ihren Weg würde gehen können. In dem Gedanken lag eine Ahnung von Unbeschwertheit und Klarheit, die ihr so noch niemals zugänglich gewesen war. Aber diese Klarheit wurde schnell mit einer großen Woge Trauer um Takumi überschwemmt.

Es war eine heimliche Beziehung gewesen, eine, die nie hätte öffentlich gemacht werden können. Sie war so voll von Intimität, eingekapselt in einen viel zu kleinen Kern auf dem ein übergroßer Druck von Erwartung und zitternd geatmeter Angst lastete. Und trotz dieses intensiven einander Berührens war eine wirkliche Berührung, eine wahrgenommene und auch für andere sichtbare Verbindung nie erfolgt. Und weil sie meinten im Büro, vor den Anderen gegenseitige Fremdheit vortäuschen zu müssen, so war auch die Vertrautheit, die sie gegeneinander zeigten, wenn sie alleine waren, nicht frei vom dem Verdacht der Möglichkeit mit feinen Fäden von Verstellung und Täuschung durchwoben sein zu können. Yoshiko musste schlucken. Ihr Mund war trocken.

Es war nicht ihre und es war auch nicht Takumis Schuld, aber sie fragte sich, was passiert wäre, wenn sie gewagt hätten das Tabu zu durchbrechen. Sie konnte es nicht sagen. Aber sie hatte, und das war neu, das Gefühl, dass es durchaus sein konnte, dass das nicht das einzige Problem war, das zwischen Ihr und Takumi hätte bestehen können.

Sie stand vor der Wohnungstür und zögerte. Sollte sie hineingehen? Es konnte ja auch sein, dass die Wohnung mittlerweile verkauft war und jemand anders hier wohnte. Sie hatte von Takumis Vater nichts mehr gehört und wer weiß was inzwischen alles passiert war. In ihrem Leben war ja auch eine ganze Menge passiert.

Der Schlüssel passte ins Schloss. Der Zylinder war also nicht ausgewechselt worden. Sie öffnete die Tür. Die Wohnung war unverändert. Es roch etwas abgestanden. Sie öffnete die Fenster und ging vorsichtig zum Bücherregal. Sie liebte Bücher und es waren schöne Bücher, die Bücher von Takumi. Sie kannte jedes und sie standen noch genau so, wie Takumi sie gestellt hatte. Sie setzte sich auf das Sofa, schaute eine Weile auf die Bücher, stand dann wieder auf, um ein Buch aus dem Regal zu nehmen. Sie würde einfach jeden Tag für eine Stunde hierher kommen und lesen, solange, bis sie alle Bücher gelesen haben würde. Das war doch eine gute Idee. Sie wollte Takumi nahe sein. Was waren das für fürchterliche Gedanken, die sie da gehabt hatte. Es hätte keine Probleme gegeben zwischen ihnen.

Sie wollte sich ein Buch aus dem Regal nehmen. Das Buch klemmte. Takumi hatte die Angewohnheit die Bücher sehr eng ins Regal zu stellen. Er drückte den Stapel so zusammen, dass immer noch ein Buch mehr auf das Regal passte und es konnte sein, dass auf einigen Brettern die Bücher so fest aneinander gepresst waren, dass sie sich nicht bewegen ließen. Sie zog an dem Buch und hielt gleichzeitig die beiden benachbarten fest. Aber es ging nicht. Sie würde einen ganzen Stapel gleichzeitig aus dem Regal nehmen müssen. Vorsichtig griff sie hinter die Bücher. Sie wollte sicher gehen, dass die Reihenfolge, in der die Bücher standen, nicht durcheinander gebracht würde.

Hinter den Büchern war etwas Staub und ein kleines Kästchen mit ein paar Leuchtdioden. Es war ein Fingerabdruckscanner, einer von der Sorte, die es in den Forschungstrakten der Uni gab. In der Bibliothek war damit der Raum gesichert, in dem die Prüfungsunterlagen aufbewahrt wurden. Ohne sich etwas dabei zu denken, legte sie ihre Hand auf die Sensorfläche, so wie sie es jeden Tag auf der Arbeit tat. Routine. Erst als das Gerät funktionierte und es ihre Hand erkannte, erschrak sie. Sie hörte das Freigabesignal und dann einen Servomotor. Das Regal, vor dem sie stand, begann sich zu bewegen. Schnell zog sie ihre Hand zurück. Hinter dem Regal war eine schmale Metalltür. Die war ebenfalls mit einem Fingerabdruckscanner gesichert.

Noch ein anderes Leben von Takumi? Ihr war unheimlich zumute. Ein schmaler Raum. Etwas breiter als das Büro neben dem Uni-Labor, in dem sie mit Takumi gearbeitet hatte, die Regale aus demselben grauen Metall wie in der Uni. Ein kleiner Tisch mit einem Mikrofiche-Lesegerät. Einige Trommeln mit Filmrollen. Sie nahm eine der Aktenordner aus dem Regal. Ausgedruckte E-Mails, Briefe, meist auf Englisch, einige waren mit handschriftlichen Anmerkungen versehen. Takumis Schrift, feine Zeichen mit einem dünnen Gelschreiber, meist in Grün. Takumi mochte diese Stifte.

Sie brauchte zwei Wochen, um sich einen groben Überblick über die Akten zu verschaffen. Das waren fast alles Verschlusssachen. Trotzdem hatte sie nicht das Gefühl etwas Verbotenes zu tun. Ganz im Gegenteil. Es war Takumis Vermächtnis, so sah sie das, ein Auftrag an sie. Er hatte die Fingerabdruckscanner so programmiert, dass sie mit ihrem Handabdruck den Zugang zu dem verborgenen Raum für sie freigaben. Das war doch eindeutig. Sie sollte das lesen. Vielleicht würde sie hier die Antworten finden, die sie bei dem Spiel in der Bar nicht gefunden hatte. Es war sein privates Archiv. Eine Art Backup der Unterlagen, die er im Büro hatte und auch viele Unterlagen die er offensichtlich nur hier und nicht im Büro lagern wollte.

Sie fand einen Ordner mit Verträgen, meist Kopien. Viele enthielten Anmerkungen in Takumis Schrift. Einige der Blätter waren mit ganzen Wolken seiner kleinen Schriftzeichen überzogen. Takumi war ein akribischer Arbeiter gewesen. Er machte alles mit der gleichen Gründlichkeit. Manchmal sahen die Anmerkungen ganz ähnlich wie die Eintragungen in dem weinroten Kalender aus. Sie konnte das nicht alles lesen. Es war viel zu viel. Sie hätte Jahre gebraucht sich durch diese Aktenberge zu wühlen und so blätterte sie eine ganze Zeit lang eher ziellos durch das, was da in den Ordnern abgeheftet war. Wie nah konnte man einem Menschen sein, der so viele Geheimnisse hatte?

Beim Durchstöbern der Verzeichnisse auf dem PC stieß sie auf eine Art Tagebuch. Der Dateiname hatte ihr Interesse geweckt.

Sie wusste, das Takumi im Büro und auch im Labor immer eine Art Protokolldatei führte. Das war eine einfache Datei seiner Textverarbeitung, in die er ohne System, einfach chronologisch alles hineinschrieb, was er sich merken wollte. Die Einträge begannen immer mit dem Datum und der Uhrzeit, das war ein Textbaustein, und dann tippte er sehr schnell, aber auch mit vielen Tippfehlern, das in die Tastatur, was er sich merken wollte. Manchmal war der Text wegen der vielen Tippfehler kaum zu lesen. Takumi schrieb in der Regel mit zehn Fingern blind und es konnte vorkommen, dass seine Finger um eine Taste versetzt auf der Tastatur lagen. Er merkte das nicht immer sofort und so bestanden dann da einige Zeilen aus einem wilden Kauderwelsch von Zeichen. Das konnte man nur entschlüsseln, wenn man die Buchstaben durch die benachbarten Zeichen auf der Tastatur ersetzte. Da er bei der Eingabe häufig zwischen mehreren Tastaturlayouts hin und her schaltete, war es vielfach praktisch unmöglich den Text zu rekonstruieren.

Die Protokolldateien die sie aus dem Büro kannte, enthielten Telefonnummern und Gesprächsnotizen, aber auch Gedanken für neue Untersuchungen oder ein Experiment. Die Eintragungen in diesem Tagebuch waren anders. Das waren sehr persönliche Erinnerungsstücke, direkte Eindrücke, eine ungefilterte Mitschrift seiner Gedanken. Das hatte etwas den Charakter von experimenteller Literatur. Er hatte das meist abends geschrieben, wenn er müde war, mit geschlossenen Augen die Finger auf den Tasten, fast schon schlafend, so stand es da. Und dann war da in den so intim persönlichen Texten, zwischen Zahnschmerzen und Liebessehnsucht, plötzlich ein Eintrag, der eine Vertragssumme nannte oder daran erinnerte, dass er morgen einen amerikanischen Kollegen anrufen musste. Brain-Typing, nannte Takumi diese Texte. Das war so unverständlich und seltsam wie Takumis Leben.

Sie fragte sich, ob sie das weiter lesen wollte. Für wen war das geschrieben? Für sie? Vielleicht hatte nicht einmal Takumi den Text nach dem Schreiben noch einmal gelesen. Wahrscheinlich reichte es ihm zu wissen, dass der Text da irgendwo auf den Spuren einer Festplatte abgelegt war. Die Gedanken waren aus seinem Kopf heraus, hatten einen Ort gefunden und er musste sie nicht mehr mit sich herumtragen. Yoshiko schüttelte den Kopf. Jetzt wurden ihre Gedanken schon so seltsam und vertrackt wie die Takumis. Sie wollte das nicht lesen.

Nachdem sie die Datei zweimal geschlossen und dann immer wieder gleich geöffnet hatte, las sie dann doch eine ganze Weile in den Absätzen, die der Mauszeiger über den Bildschirm rollen ließ. Sie dachte nicht an das, in das sie da eindrang, sie rutschte einfach in den Text hinein. Alles war da vermischt: Privates und Dienstliches, Gefühle, Gedanken, Ahnungen und Befürchtungen, aber auch Hoffnungen und viele poetische Bilder. Eine erstaunliche Sprache. Dann wieder einfach Anmerkungen, stichpunktartig, das Ergebnis von Gesprächen mit Kollegen, ein Geschäftspartner der einen Einwand hatte. Das war dann der Stil der Eintragungen, die sie aus seinen Dateien vom Büro her kannte.

Die Eintragungen, die sich auf seine Beziehungen zu Frauen bezogen, verstand sie erst zwei Bildschirmseiten später. Sie musste zurück scrollten und noch einmal nachlesen. Da ging es nicht um sie. Sie schaute auf das Datum. Es war vor ihrer Zeit gewesen. Aber diese Eintragungen verwirrten sie trotzdem. Irgendwie hatte sie, auch wenn ihr das erst jetzt bewusst wurde, immer gedacht, dass sie die erste Frau war, die er hatte. Aber eigentlich war es ja ganz normal, dass ein Mann in seinem Alter vor ihr schon andere und auch intensive Beziehungen gehabt hatte. Sie hatten einfach nicht darüber gesprochen und er machte auch auf sie einen so unerfahrenen Eindruck.

Sie rief die Suchfunktion der Textverarbeitung auf und suchte nach ihrem Namen: Kein Ergebnis. Kam sie in dem Text nicht vor? War sie nicht in seinem persönlichen Gedankenstrom, den er der Computertastatur anvertraute? Sie suchte nach dem Datum an dem sie sich das erste Mal geküsst hatten. Treffer. Es gab einen Eintrag. Er war sehr lang. Schmetterlinge und Blütenfalter in einem Aufzug und das Bemühen einander nah zu sein. Der Gedanke, dass der Aufzug nur nicht anhalten sollte und nicht jemand anders noch einsteigen würde und sie nicht mehr zu zweit sein würden. So oft stand da das Wort *Zittern* und *Berührung* und *Sehnsucht*. Ein Wasserglas, dass ihre Hand ihm gab, vor dem Vortrag und das er so berührte dass er dabei ihre Finger berühren konnte und dabei das Wasser beinahe verschüttet hätte. Die Bilder waren ihr so bekannt, nur ihr Name stand da nicht. Sie musste noch etwas weiter lesen, bis sie sah, dass es ganz eindeutig war, dass er immer sie meinte. Das aus *Kirschblüte* abgeleitete Kosewort stand für ihren Namen. Er kürzte es ab, wie eine chemische Formel. Auf was für Ideen er kam.

Ja, er hatte sie sehr geliebt. Es war sehr glaubhaft dieses Tagebuch, sehr authentisch und sehr nah an ihrem Fühlen. Sie zitterte.

Aber dann war da ein großer Block, ein Brocken, der vor ihm lag, auf dem Weg und er stieß immer wieder an diesen Block. Egal wohin er ging, es war da, zwischen seinen Füßen. Er konnte es nicht abschütteln. Es betraf sie. Monatelang trug er es in sich, überlegte wie er es ihr würde sagen können. Und immer wieder stand dann da: Heute noch nicht die Gelegenheit gefunden. Oder: Sie hätte es so nicht verstanden. Und dann waren da Listen mit Argumenten, die dafür sprachen, es ihr zu sagen und Argumenten, die dagegen sprachen. Es gab eine Excel-Tabelle, in der er die verschiedenen Argumente auflistete und mit Punkten gewichtete. Alle diese Abwägungen kamen zu keinem Ergebnis. Aus diesen ganzen Aufstellungen konnte sie aber nicht erkennen, um was es ging. Das stand da nicht. Es war als wenn er auch vor sich selber Angst gehabt hätte, es auszusprechen.

Er hatte, das wusste sie, Experimente gemacht, viele Experimente und auch in ganz unterschiedlichen Forschungsgebieten. Das unterschied Ihn von vielen seiner

Kollegen, die sich eher darum bemühten, sich auf ein Thema zu spezialisieren. Viele seiner Projekte waren erfolgreich und die Ergebnisse hatte er auf Kongressen und Tagungen vorgestellt. Oft hatte sie die Präsentationen dafür gemacht, die Dokumentation durchgeschaut, die Grafiken noch einmal optimiert und alles so aufbereitet, dass es in der entsprechenden Fachzeitschrift publiziert werden konnte.

Sie hatte ihn immer für seine Kreativität und seine Art bewundert, die komplizierteste Sache einfach und verständlich darzustellen. Doch hier in seinen Tagebüchern ging es nicht um die ihr bekannten Projekte. Es waren Projekte für die es keine Dokumentation gab, wohl auch keine geben sollte. Es ging nicht um eine Veröffentlichung auch nicht um Forschung. In stakkatoartigen kurzen Notizen waren da die vielen Kleinigkeiten festgehalten, die er brauchte um das Projekt durchzuführen. Teilweise waren nicht einmal die Werte, sondern einfach die Schalterstellung an den Laborgeräten aufgeschrieben. Ohne die verwendeten Apparate und den konkreten Aufbau des Experiments zu kennen, konnte man mit den Eintragungen gar nichts anfangen.

Diese Teile der Aufzeichnungen waren kaum noch zu verstehen. Nur weil sie seine Art zu arbeiten so genau kannte, war es ihr möglich, einiges von dem, was da beschrieben war, zu erraten. Manchmal gab es auch Berührungspunkte zu den ihr bekannten Projekten. So entstand langsam in ihrem Kopf ein Bild von dem, was er da gemacht haben musste. Es war noch unvollständig, aber doch schon so klar, dass sie zu ahnen begann warum er das hinter einer geheimen Stahltür versteckt gehalten hatte.

Takumis Team hatte offensichtlich nicht nur an der menschlichen DNA geforscht. Sie hatten auch menschliche Eizellen befruchtet und die wurden dann verkauft. Das war nicht Forschung, das war einfach ein Geschäft. Und dieses Programm passte auch zu keinem der offiziellen Projekte, für die sie mit ihm am Institut gearbeitet hatte. Gleichwohl hatte er dafür die Labore und Apparate der Universität genutzt. Selbst die über die Kostenstelle des Forschungsprojekts abgerechneten Belege der Poststelle, für den Versand der in Stickstoff gefrorenen Proben, fanden sich vollständig und akribisch mit Belegnummern versehen in den Unterlagen.

Für seine Forschungsprojekte hatte auch sie mehrere Male Gewebe gespendet. Jetzt sah sie an den Eintragungen, dass er ihr nicht Gewebe sondern Eizellen entnommen hatte und er hatte diese Eizellen mit seinem Samen befruchtet. Das war einfacher, als noch zwei oder drei Tage auf eine geeignete Samenspende zu warten. Die Kunden waren meist sehr ungeduldig und die kinderlosen Ehepaare zahlten nur im Erfolgsfall. Meist waren einige Versuche notwendig. Wenn dann ein Bild in der Akte war, dann war das Projekt abgeschlossen. Es folgte nur noch der Beleg über den Zahlungseingang. Es war ein ganz und gar banales Geschäft und es wurde in Dollar abgerechnet.

Sie konnte es nicht glauben: Takumi verkaufte tief gefrorene befruchtete Eizellen. Und wenn es schnell gehen musste, manchmal auch einfach um Kosten zu sparen, hatte er seinen eigen Samen genommen und auf diese Weise so nebenbei zehn Kinder gezeugt. Zwei davon mit ihren Eizellen: Beide „Gewebeproben" von Yoshiko stand in einer Akte mit Bild und Abrechnungsbeleg auf dem sich das kleine grüne Häkchen befand, das zeigte, dass er den Eingang des Betrags auf seinem Konto überprüft hatte. Die Kunden waren in beiden Fällen offenbar zufrieden gewesen.

Yoshiko wurde schwindelig. Sie musste sich am Tisch festhalten. Ihr wurde kurz schwarz vor den Augen. Das gab es doch nicht. Daher die großen Summen Geldes. War das illegale Spiel nur eine Möglichkeit gewesen das Geld zu waschen? War das der Teil des Systems in dem weinroten Kalender, den sie bisher nicht verstanden hatte? Takumi hatte nicht nur mit Geld gespielt, das war klar, sondern auch mit Menschen, auch mit ihr. Sie konnte nur langsam aufstehen. In ihren Händen hielt sie zitternd die zwei Bilder ihrer Kinder, ein Mädchen und ein Junge. Sie weinte.

„Ich werde ihr sagen, dass wir Eltern sind." Er hatte diesen Satz in das Tagebuch geschrieben. Er hatte ihn einen Tag bevor sie nach Tamatsokuricho gefahren waren geschrieben. War das der Grund für seinen Selbstmord? Konnte er ihr die Wahrheit nicht sagen? Oder war da noch etwas ganz anderes?

Sie musste an die Stimme des Kommissars denken und daran, dass die beiden Polizisten nicht glauben wollten, dass es ein Selbstmord war. War die Antwort in den Akten in diesem kleinen Raum? Gab es da noch ganz andere Dinge? Sie hatte ja noch lange nicht alles gelesen.

Sie wusste nicht, ob sie das wissen wollte. Selbst wenn sie hinter das Geheimnis kommen würde. Sie würde niemanden haben, mit dem sie es teilen konnte. Sie legte sich auf den Boden und schloss die Augen. Konnte man einfach aufhören zu atmen?

Asche

Yoshiko konnte nicht sagen wie viele Jahre vergangen waren. Es waren viele. Sie war, ganz zu ihrem eigenen Erstaunen, sehr alt geworden. Ihr Gesicht war faltig, ihr Haar grau und ihr Gang langsam.

Sie hatte immer gedacht, dass sie jung sterben würde, an einem Herzinfarkt zum Beispiel, weil das Stechen in der Brust ja ein eindeutiger Hinweis darauf war, oder an einer schleichenden Vergiftung, weil doch so viel Gift in den Nahrungsmitteln war. Und dann gab es noch Wirbelstürme und Erdbeben und Atomkraftwerke und alle anderen möglichen Gefahren. Selbst der Schmerz um Takumi, die Liebe und den Verrat und ihre nie gesehenen Kinder hatten sie nicht umgebracht. Es war erstaunlich, was man so alles aushalten konnte.

In dem Chaos dieser unzusammenhängenden Welt war sie alt geworden, ganz unbemerkt und mit einer erstaunen machenden Selbstverständlichkeit. Alles war einfach so passiert, war vergangen. Was in ihr geblieben war, war die Erinnerung, eine Vielzahl von Szenen und Bildfolgen und meist sehr unzusammenhängend aber durchaus in plastischer Präsenz in ihrem Gedächtnis. Nur sie einzuordnen fiel ihr zunehmend schwerer. Ein

Fotoalbum ohne Beschriftung. Bilder ohne Datum, Gesichter ohne Namen.

Sie erinnerte sich daran, wie sie in Tokio an einem sonnigen Tag genau dieselben Schälchen gekauft hatte, wie es sie im Haus ihrer Eltern gab. Zwei Stück hatte sie gekauft und sie hatte sich vorgestellt, dass es Schälchen aus dem Haus der Eltern wären. Sie hatte das, was sie mit den Schälchen aus dem Haus der Eltern verband, auf die neu gekauften Schälchen übertragen, ihnen die Erinnerung angeheftet und sich so ein verlorenes Stück zu Hause wieder geholt. Vielleicht so etwas wie eine Rekonstruktion, vielleicht auch ein magischer Akt, ein kleiner Zauber um das Leben auszuhalten. Das Geräusch, das entstand, wenn die Stäbchen an den Rand des Schälchens stießen war der Klang von Früher. Manchmal glaubte sie dabei den Geruch von zu Hause in der Nase zu haben, flüchtig nur und niemals ganz sicher zu unterscheiden von der Erinnerung an den Geruch. Doch manchmal war er doch schon wirklich da.

Sie fragte sich, ob sie jemals glücklich gewesen war. War sie es jetzt? Sie wusste es nicht, und sie kam zu der Überzeugung, dass sie es auch nicht wissen musste, jetzt nicht und später, wenn es denn ein später geben sollte, wahrscheinlich wohl auch nicht.

Zuweilen mischten sich in die bekannten und so viele Male gesehenen Bilder andere, fremde. Sie wusste nicht woher sie kamen, diese Bilder. War es Vergessenes, das so vergessen war, dass sie nicht mehr wusste, dass es einmal Teil ihres Lebens gewesen war? Vielleicht waren es auch nur Erinnerungsfetzen von Erzähltem oder Gelesenem. Etwas, dass gar nichts mit ihr zu tun hatte, vielleicht ein Teil aus einem Roman von dem sie nicht mehr wusste, dass sie ihn einmal gelesen hatte. Vielleicht ein Film, die DVD konnte irgendwo herumliegen, aber hatte sie sich den Film auch angeschaut?

Manchmal bemühte sie sich, einige diese Bilder aneinander zu legen, aus den Teilen ein Zusammenhängendes zu machen. Aber da passte nichts, niemals. Es war immer fremd und ohne jede Beziehung zueinander.

Immer wieder sah sie das Gesicht eines Kommissars. Sie hatte eine Zeitlang, vor allem als sie jung war, viel zu viel Fernsehen gesehen. Sicherlich kamen die Bilder aus dieser Zeit. Es war ein altes Gesicht, älter als das ihre, viel älter. Sie hatte das Gesicht schon einmal gesehen, auch einmal als es noch jünger gewesen war. Wahrscheinlich war es eine dieser Serien die unendlich lange liefen, über Jahre, und da wurden die Schauspieler eben auch älter. Und sie hatte es mit sich herum getragen, ohne dass sie es wusste. Und das alte Gesicht legte sich mitunter auf das jüngere Gesicht und die beiden Gesichter verschmolzen für einen Moment. Es hatte ihr immer wieder eine Frage gestellt, dieses Gesicht. Die dünnen Lippen hatten die Worte vorsichtig geformt. Fast bedächtig aber trotzdem mit einem Nachdruck, der keinen Zweifel an der unbedingten Forderung nach einer wahrhaftigen Antwort ließ.

War dieser Kommissar noch einmal zu ihr gekommen? Viele Jahre später? Nicht in Tamatsokuricho sondern in Tokio, in eines dieser zweitklassigen Altenheime, in das man Alleinstehende verfrachtete, die irgendwo untergebracht werden mussten? Er war schon sehr alt und gebrechlich, hochbetagt sagte man heute, aber sie war auch nicht mehr jung zu dieser Zeit. Und er fragte sie nach jenem Tag in Tamatsokuricho, als Blut auf den Dielen war. Konnte er nichts anderes fragen? Sie wusste es doch nicht. Sie hatte es damals schon nicht gewusst. Vielleicht hatte sie etwas gelesen. Sie wusste es nicht mehr. Und wenn sie es wusste konnte, sie es doch nicht sagen.

Es hat keine Folgen, überhaupt keine Folgen, hatte er gesagt, immer wieder. Es ist alles verjährt, alles. Es ist nur für mich, einfach, damit ich zur Ruhe kommen kann, mit meinen Gedanken, hörte sie ihn. Und aus dem alten Gesicht, zwischen den Falten und Runzeln glänzen die Augen, die sie aufmerksam anschauen und es ist derselbe Blick, den sie einmal bei einem Richter gesehen hat, von einigen Aktendeckeln aufblickend, nach Vergewisserung suchend. Und auch dieser Kommissar will es wissen.

Aber sind das Bilder aus ihrer Erinnerung? Sind das Dinge, die passiert sind? War sie in einem Altenheim? Hat sie wirklich der Kommissar besucht, der damals, beim Tod von Takumi ermittelt hat? Sie kann es nicht sagen.

Es gibt Spuren: Sie war längere Zeit in einer Klinik gewesen. Sie hat noch die Abrechnung, in der Schublade, im Schrank, in dem sie alle Unterlagen verwahrt. Ja. Vielleicht war ja die Erinnerung an das Altenheim die

Klinik? Ein Nervenzusammenbruch und viele Gespräche mit einer Frau, die das, was sie sagte immer zu einer Frage machte. Half ihr dass, wenn sie mit einem fremden Menschen über ihren Vater sprach, oder die Gefühle, die sie für ihre Mutter hatte?

Vieles war einfach nicht mehr da in ihrer Erinnerung, und vieles wurde von Bildern überlagert, die sie nicht einordnen konnte. In der Klinik hatte sie viel gesprochen. Wahrscheinlich hatte das Sprechen neue Bilder erzeugt. Sie hatte dieser neugierigen Frau einfach etwas erzählt, irgendetwas, sie hatte sich etwas ausgedacht, eine spannende Geschichte. Yoshiko war gar keine schlechte Unterhalterin und die Frau hatte sich für alles interessiert. Wahrscheinlich schrieb sie es sogar auf, nach dem Gespräch.

Und der Kommissar, der von dem sie nicht wusste ob er sie wirklich besucht hatte, sei es nun im Altenheim, vielleicht war sie ja auch da einmal gewesen, oder in der Klinik, dieser Kommissar stellte ihr Fragen. Immer wieder gingen diese Bilder durch ihren Kopf. Sie konnte sich gar nicht mehr vorstellen, dass sie nicht wirklich gewesen waren, diese Bilder, so plastisch wurden sie in ihr.

Die Fragen des Kommissars ließen sie an das Surren eine Videokamera denken. Ein älteres Modell, so wie man sie früher gehabt hatte. Heute speicherten die Videokameras ihre Bilder auf Chips, aber zu der Zeit als ihr diese Fragen gestellt wurden, surrte noch ein Videoband durch das Gerät. Er hatte keine Videokamera dabei, in den Szenen, die durch ihre Erinnerung gingen, nicht einmal ein Notizbuch. Er schaute sie einfach nur immerfort an, mit diesem Blick in dem so viel Erwartung, aber auch Forderung lag, so wie er das damals getan hatte. Sein Gesicht war gealtert, aber der Ausdruck war genau der gleiche, unverändert, so als habe er die ganze Zeit so geschaut.

„Sie haben meine Frage nicht beantwortet", hörte sie die Stimme des Kommissars, „damals haben sie meine Frage nicht beantwortet, sie haben einfach nur weg geschaut, durch mich hindurch geschaut, sehr lange und ich bin nicht an sie herangekommen."

Yoshiko richtete sich in ihrem Sessel auf. Sie schaute zum Fenster. Frische Luft war in das Zimmer gekommen, so als hätte jemand das Fenster geöffnet. Aber das Fenster war zu und es war auch niemand im Raum der es hätte öffnen können. Sie war allein. Aber sie war sich sicher, dass frische Luft in den Raum gekommen war, ein erfrischender Windzug. So oft waren die Bilder durch ihren Kopf gegangen, aber noch nie hatte sie die Frage des Kommissars so klar gehört und ihr ging der Gedanke durch den Kopf, dass das vielleicht das sein konnte, was er sie in dem Moment gefragt hatte, von dem sie keine Erinnerung hatte. Der Moment in dem sie befürchtet hatte gleich ohnmächtig zu werden, und wo sie dann doch nicht das Bewusstsein verloren hatte. Hatte er sie in diesem Moment gefragt, ob sie es gewesen war, die Takumi die Pulsadern durchgeschnitten hatte? Sie konnte es wirklich nicht sagen. War sie vielleicht schon vor der Fahrt nach Tamatsokuricho in dem kleinen Raum hinter dem Bücherregal gewesen? Sie zitterte. Das konnte nicht sein. Und es wäre auch kein Grund gewesen so etwas Schreckliches zu tun. Das war völlig widersinnig. Sie musste aufpassen, dass sich ihre Gedanken nicht zwischen den Erinnerungsfetzen verliefen. Sie schüttelte den Gedanken ab. Sie wollte nicht eine Schuld in sich tragen, die nicht die ihre war.

Yoshiko saß draußen auf der Terrasse. Schwarze Asche rieselte den Berghang hinab. Sie war kalt und trocken und erinnerte nur noch entfernt an das Feuer, dem sie entstammte. Sie dachte an den Schnee, den sie gestern noch auf der Kuppe des Vulkans gesehen hatte. War er ganz geschmolzen? Jetzt sah man nur den Rauch und die Rußwolken. Hinter ihr brannte das Haus bereits lichterloh. Hohe Flammen schlugen in den dunklen Himmel. Aber sie blieb auf dem kleinen Gartenstuhl sitzen. Sie war zu müde sich zu bewegen. Ihre Glieder waren schwer. Sie hatte keine Kraft mehr. Warum sollte sie aufstehen und weglaufen? Es war genug.

Sie fragte sich einen Moment, ob es wehtun würde, wenn der Lavastrom sie erfasste. Aber das war ein unsinniger Gedanke. Alles im Leben tat weh und wenn der Schmerz zu groß war, schaltete sich das Gehirn ab. Das Bewusstsein verließ den Körper lange bevor der Körper so zerstört war, dass er unwiderruflich nicht mehr funktionierte.

Sie dachte an Takumi. Ihr Blut würde nicht auf die Dielen laufen. Es würde verdampfen, so wie das Wasser des Sees und die Äste der Weide. Sie hatte Takumi wirklich geliebt.

Epilog

Ich frage mich was bleibt. Das ist vielleicht eine unsinnige Frage. Was bleibt schon? Vielleicht nur die Erinnerung. Vielleicht nicht einmal die. Das wäre meine Antwort gewesen, wenn man mir diese Frage gestellt hätte. Eine ganze Zeit lang hätte ich das gesagt. Das war meine Antwort auch als ich diesen Text geschrieben habe, eigentlich während der ganzen Zeit habe ich das gedacht. Fast ist es jetzt noch meine Antwort. Ich habe mich erinnert und die Erinnerung hat sich mit dem was ich geschrieben habe verwoben. Ich habe mich an eine Zukunft erinnert.

Was mir jetzt bleibt, nach diesen Zeilen, nach der Erinnerung, nach der Erinnerung an diese Frau, die mich so berührt gemacht hat, das ist vielleicht nicht viel mehr, als eine besondere Art von Traurigkeit, nachdenklich und etwas verlegen und trotz eines Zögerns nicht ohne die stille Entschlossenheit, die es braucht um wirklich zu sein. Ruhig, wie ein stilles Meer, so liegt sie da, in mir, und ich meine sie fast schon sehen zu können. Ja, ich glaube diese stille Traurigkeit, das ist es was bleibt, bis zum Beginn der Zeit in der es keine Zeit mehr gibt. Alles andere wäre viel zu anstrengend für die menschliche Seele. Das Lachen hält sie nur eine kurze Zeit aus. Es ist schön, aber es ist kurz, so lange es auch dauert. Es endet. Es ist das Vergehende, das bleibt.

Und weil es mir so wichtig ist, rufe ich mir das Bild noch einmal in Erinnerung. Es ist wie die Einstellung eines Films, eines Films den man schon sehr oft gesehen hat. Man kennt die Bilderfolge, weiß wann die Kamera schwenkt und wann der nächste Schnitt kommt. Man braucht sich die Sequenz gar nicht mehr anzuschauen. Sie ist in einem. Nur manchmal kommt die Befürchtung auf, dass, wenn man den Film noch einmal schauen würde, doch etwas anders ist, als man es erinnert. Eine Kleinigkeit vielleicht oder ein Detail, das aber doch die Bedeutung verändern könnte. Doch meistens komme ich dann gar nicht mehr dazu, mir den Film anzuschauen. Ich sitze in meinem Stuhl auf der kleinen Terrasse. Ich will aufstehen, mir den Stock nehmen, den ich jetzt brauche um beim Gehen nicht zu fallen, und ins Wohnzimmer gehen, aber ich bleibe dann doch sitzen, schließe die Augen und sehe einfach nur diese Bilder.

Es ist gut zehn Jahre her, seitdem die Lavaflut das Haus von Yoshiko überrollt hat. Vielleicht auch schon zwanzig. In dem Film gibt es dafür keinen Anhaltspunkt. Die Lava hat das Haus völlig überdeckt. Sie hat es einige hundert Meter den Hang herunter geschoben. Das Dach ist verbrannt, aber das Mauerwerk steht noch, fest in der erstarrten Lava eingeschlossen. Ein Teil des geborstenen Giebels ragt aus ihr hervor, wie der Stumpf eines Gelenkes. Ein eingeäscherter Ellbogen.

Ein Mann geht durch das Feld der erstarrten Lava. Am Horizont, gar nicht so weit, sieht man den Krater des Vulkans. Keine Rauchwolken kommen aus ihm. Die Leute in Tamatsokuricho hatten den Vulkan immer „Den Stillen" genannt. Und so still liegt er jetzt auch da. Der Mann hat in Tamatsokuricho übernachtet, in dem neuen Tamatsokuricho, das nach der Katastrophe am gegenüberliegenden Hang errichtet worden ist. Der Mann ist alt. Er war früher schon einmal hier in Tamatsukuricho. Er war Einsatzleiter des Rettungstrupps. Er war verantwortlich für die Evakuierung der Einwohner, damals, bei dem großen Vulkanausbruch. Er ist zurück gerannt, genau den Weg, den er jetzt geht, doch damals war es heiß hier und flüssige Lava überall. Das Gebiet war schon abgesperrt. Man konnte es nicht mehr betreten, doch es fehlte eine Frau. Die Dorfbewohner waren sich sicher, dass sie fehlte. Und so war er zurückgeeilt, hatte sich einen feuchten Lappen vor das Gesicht gebunden, ein lächerlicher Schutz vor der Hitze, die alles verbrannte. Er hatte sie gefunden, die Frau, die fehlte, sie saß auf einem kleinen Gartenstuhl und schaute apathisch in den Lavastrom. Er hatte sie gerettet!

Manchmal denke ich, dass ich dieser Mann bin. Ich habe diese Bilder so oft gesehen. Aber ich bin mir doch sicher, dass ich es nicht bin. Ich weiß, dass ich nur der Kameramann bin, der, der die Bilder des Films gedreht hat. Die Bilder für den Film über den Helden und die unglaubliche Geschichte von der alten Frau aus dem lavaumspülten Haus. Ich habe Preise bekommen für diese

Bilder. Ich bin berühmt geworden und diese Bilder haben mir dazu verholfen, viele internationale Filme drehen zu können.

Aber ich bin nie in Tamatsokuricho gewesen. Wir haben im Studio gedreht. Doch die Bilder sind in mir. Sie sind stark und sie sind ein Teil von mir. Es sind nicht die Bilder des Films. Es sind meine Bilder.

Ich habe mir am Rand von Tokio ein kleines zweistöckiges Haus gebaut, mit einer Terrasse und einem Garten. Im Garten habe ich irgendwann einen See angelegt und eine Weide gepflanzt. Wenn ich im Sommer auf der Terrasse einschlafe, dann höre ich, wie in der Küche eingelegte Weinblätter geschnitten werden. Das scharfe Messer gleitet schnell hin und her, auf dem Schneidebrett. Es gibt Sushi, heute Abend. Und dann gehe ich irgendwann in die Küche, ich nehme das Messer in die Hand. Es ist ein großes Messer, es ist alt, aber es ist frisch geschliffen, es ist sehr scharf.

Ich lege das Messer wieder auf das Brett. Sie soll den Rest des Seetangs schneiden. Sie schneidet viel feinere Streifen, denke ich und wenn sie vom Einkaufen wieder kommt, dann gebe ich ihr einen dicken Kuss. Sie hat noch die Einkaufstaschen in der Hand. Ich bin ihr entgegen gerannt, habe die Schlappen abgestreift um schneller bei ihr zu sein. Ich spüre die frisch gescheuerten Dielen unter der schrumpeligen Haut meiner alten Füße. Ich küsse ihren Mund und kann gar nicht aufhören sie zu küssen. Und manchmal habe ich bei dem Kuss ein paar Tränen in den Augen. Wenn ich sie mir heimlich von den faltigen Wangen wische, wünsche ich mir, dass Takumi Yoshiko in Tamatsokuricho so geküsst hätte, an jenem Tag.

Ich brauch meiner Frau die Tränen nicht zu erklären, ich bin ein alter Mann und auch ohne die Geschichte zu kennen versteht sie mich. Sie ist meine Frau, und das ist das Schöne.